萤 火◎著

以爱为名
——致幸运

YI'AI WEI MING
—— ZHI XINGYUN

时代出版传媒股份有限公司
安徽文艺出版社

图书在版编目（ＣＩＰ）数据

以爱为名：致幸运/萤火著. --合肥：安徽文艺出版社,2021.8
（2022.7重印）
ISBN 978-7-5396-7233-5

Ⅰ．①以… Ⅱ．①萤… Ⅲ．①诗集－中国－当代
Ⅳ．①I227

中国版本图书馆 CIP 数据核字(2021)第 122406 号

出 版 人：姚　巍　　　　　　　特约编辑：赵福刚
责任编辑：宋晓津　　　　　　　装帧设计：徐　睿
....

出版发行：安徽文艺出版社　　www.awpub.com
地　　址：合肥市翡翠路 1118 号　　邮政编码：230071
营 销 部：(0551)63533889
印　　制：山东百润本色印刷有限公司　　(0635)3962683
....

开本：700×1000　1/16　印张：20.375　字数：150 千字
版次：2021 年 8 月第 1 版
印次：2022 年 7 月第 2 次印刷
定价：70.00 元
....

序一

感　念

想做一个诗人的愿望由来已久,但产生出一本诗集的想法才半年,自己想想也有点疯狂、有点忐忑。

出生在 20 世纪 70 年代齐鲁之邦的我爱上诗歌很正常,彼时语文教育步入正轨,李杜的诗篇方兴未艾,朦胧诗派热火朝天。少年的我先是在哥哥的教辅书里认识了梁芒,又从《语文报》上读到了红烛的诗,然后跑到书店用省吃俭用和软磨硬泡得来的零用钱买了顾城、舒婷和北岛们的诗集,后来认识了孙文涛,再后来是席慕蓉、纪弦和余光中,就这样疯狂地爱上了诗歌。

当然肯定也跟一位美丽的少女有关,每个少年都会在关雎的河畔遇到那个在水一方的少女吧,或者说总会有一位美丽的少女在我们懵懂的青春岁月里闪现,我幸运,遇到了。这个时候诗歌派上了用场,在那个不知道演唱会为何物,小虎队在流行乐坛刚刚崛起的时代,诗歌和诗人依旧是少女们心中的浪漫情怀。先是自己尝试把对美丽姑娘的美好向往写成诗行,在获得初步成功后帮助班级里所有男生完成情书大作,再后来接受了学校团委的"招安",发挥所长成立文学社,编辑一本叫作《萤火》的诗刊。就是爱啊,刻蜡版、约稿、举办朗诵会、合纵连横与其他学校社团交流⋯⋯

在这里还要感谢我就读的那所乡村高中和所有那些治学严谨、活泼向上的师长们。学校建于 1958 年,有苏联风格的落地长窗、红墙灰瓦的平房、高大挺拔的白杨树、四四方方整齐划一的道路和院墙。同学们来自附近乡镇,带着各自的憧憬和梦想踏入校园,准备考师范院校当老师、考医学院当医生的同学占比大一些。后来同学们基本上实现了各自梦想⋯⋯

可是我没有，或者说我一直在梦想的路上，梦未醒也没实现，依然写诗、依然自命不凡。我没能发表什么千古传诵的不朽诗篇，没有成为臧克家、艾青、马雅可夫斯基一般的革命旗手，没有成为顾城、北岛、席慕蓉一样引领时代目光的诗人。但是偶尔也会写诗，如有诗作出人意料地发表在报纸上会很是兴高采烈一阵子，或者偶尔参加了一个什么征文比赛又非常幸运地拿到了一个可疑的奖项，更加会飘飘然。伴着市场经济的潮起潮落和网络文化的风云激荡，诗歌愈来愈落寞，美丽的姑娘们也早已散落四方，我们整日里为了生活四处奔波，生活少了诗意多了艰难苦涩，但我仍然对生活充满向往和热爱，诗里满是朝阳、月光、河流与湖水荡漾。

以爱为名，这是我的幸运。我们的一生都在爱与关怀，爱与成长中度过会多幸运、多幸福。无论年少时的羞怯、憧憬、想念，还是青年时挣扎、煎熬、成长，抑或是人到中年的怀念、长情、感动，以爱为名都爱得真诚、活得踏实。

爱在四季，诗歌如影随形，人生旅途、爱是我们的伴侣。四十五岁半生走过，做过渔民、矿工、工程师，从事着金矿开采的高危行业，干着压力山大的安全环保管理工作，一年中有一半的时间在矿山井下度过，一半的时间在出差的旅途中。可以说是走遍千山万水，尝尽人生百味。还好有爱，还好有诗，伴我旅程，才自认为没退化成一事无成、感情空虚的失意油腻中年人。"人在旅途，永在旅途，何问终点，何问彼岸，走过了就是曾经，看过了就是风景"这是诗梦人生快意洒脱。诗歌既是我们乐观应对人生旅途风风雨雨的铠甲，也是我们顽强生长刺向命运苍穹的剑戟。就像我们对春风的盼望、对雨水的渴望，对生命的坚持。"雨水啊，有多少种子等待发芽，可你不来，你不来，我也要绽放。"

"有多少青春白发的等候，有多少擦肩而过的回首"，谁不曾有爱，谁不曾有爱人，谁不曾经历刻骨铭心。我们在爱中渴望、等待、分离和欢聚，在爱中学会遗忘与宽恕，在爱里感受到温暖与成长。哪怕玉碎也很美，哪怕"在人潮人海中凝望,仿佛凝望一朵永不再回的波浪",在爱面前无所谓失去与拥有,爱本身就是一个过程,贯穿我们一生。

有你有诗,我是幸运的,"我这样的诗人,既无桂冠也无作品,我所有的无病呻吟,只是为你一人",有诗、有你就是爱的一生。来到热土海南,我也是幸运的,所有遇见都幸运而美好。"雨林吐纳着天地,雾从河谷升起,云在张望,源头水流如时光一样缓缓流去,它终将汇入大海,只因你在那里"。哪怕是别离、哪怕无力抗拒,"南渡江畔朝雾清晨,滨江路上红尘滚滚,我无心赏花心似江水,无力抗拒只能共你喜悲。"只要爱是真诚的,何尝不是一种美丽。在爱里,在等候里望过多少圆月,走过多少四季,叹过多少七夕,时光的酒啊,从清冽到浓郁到芬芳再热烈,这才刚刚好。"余霞散成绮,澄江静如练",随便哪个地方我们相伴看风景就很美好,哪怕闭着眼睛不说话,哪怕明日,明日又天涯。

家国天下何尝不是爱,更是大爱无疆啊。人生路途中陌生人的奋斗和坚持带给我们的感动;父母爱情感召我们无私的爱家人爱故土故乡;国家富强、民族伟大复兴赋予我们强烈的民族自豪感和使命感;也有"底格里斯河静静流淌,幼发拉底河默默感伤"放眼天下的热情和悲悯。

永远少年的中国,永远少年的诗人们、爱人们,年少时我们"年少风尘涌、月映大江流";青年时"让我爱你,让我把此生都交付给你,田产地契/车马喧哗/灯红酒绿/这些恰好我都没有,我其实一贫如洗";走过半生依然要"鼓舞起昆仑的风雷激荡,卷起九重天的雪,奔向万里之外的洪荒";爱就爱得热烈,爱就爱得执着,爱就爱得大气磅礴。

"也许只有这样,我们仓促的相逢,才会留下刻骨铭心的记忆,电光石火间的欣喜,一生又怎会忘记",也许只有爱,才能给我们短暂如萤火的一生注入持久的能量,照亮身边方寸的微小。

"以爱为名",在这个举国抗击新冠肺炎疫情的当下,让我们真诚地爱吧,爱世人、家人、亲人、爱人,爱这大自然的一草一木、飞禽走兽,爱所有的草长莺飞、所有的山川河流。

2020 年 2 月 12 日写于海南乐东

序二

憧 憬

这世间总有一些苦难,新冠肺炎疫情也没能如我们所愿被很快遏制住,时至今日还在地球徘徊,几千万人被感染,还有一些人挥手道别后就成了永远。人类终于被迫停下劳碌的脚步,告别工厂、学校、宴会、赛场、电影院等等熟悉的日常,仿佛一场战争,不,造成的深远影响绝不亚于一场世界大战,孤独、病痛、贫穷、孤立主义、利己思想……

这世界怎么了?

幸运的是我们在今日强盛之中国,瘟疫已被控制,岁月平静而美好。面对有形的、无形的冰冷,我们依然坚信这一切终会过去,大爱无疆,无私地伸出援手,哪怕远隔重洋,牵挂一样也会溢满心怀。原来终日追逐的浮华都是些可有可无的风沙,"有阳光、空气和水就够了,有植物、你和爱就够了"。幸运有爱、幸运有你,如此简单,只要有爱就会生生不息,如穿过林间的光线让这世界重焕光彩。

2020 年 9 月 23 日写于海南海口

目　录

辑二 致敬李白 致敬时代

辑三 爱在四季

辑四　红豆生南国

辑五　玉碎很美

辑六 以爱为名

辑七　致幸运

辑八　家国天下

辑九　致敬经典

辑十　大爱无疆

辑一　爱在旅途

野花

忽如一夜就开遍天涯
只为等待那个锦衣少年白驹过隙的回眸吗
八月的草原雨注如下
却不能阻止你挥手道别带走盛夏

2015.8.15

青海湖

你是大地的心

还是上苍的眼泪

在你清澈的倒影里

为何我活得如此卑微

未曾想过如此浩瀚

静谧的天空

纯粹的蓝

是鸥鸟随意的涂抹

才能画出这神来之笔的云朵

雪峰静默无言

他的渴望伸展成无数溪流的臂膀

奔向你

穿过大片大片油菜花的热烈奔放

流过枣红马与白牦牛草原的安详

拥抱你

从此再不分离

所有的曲折回荡　所有的坎坷漫长

都被时光凝结成盐

哪怕咸得苦涩　涩得晶莹如雪

青海湖

你　美得让我沉醉

辑一　爱在旅途

你　爱得让我心碎

2019.10.13

昆仑恋曲

青稞　莜麦　枸杞　沙柳和白杨
骆驼　牛羊　骏马　狐狸与狼
与我擦肩而过
顾不得张望
白雪皑皑的昆仑山雄踞在那里闪着金光
蜿蜒的冰河包容着每一滴远道而来的融雪
草原已遍地金黄　欲熊熊燃烧

逶迤千里　君临天下的昆仑山
我想有鹰之翼　豹之爪　熊之胆魄
我想攀上你的峰顶向东望
那里有我的爱人
她在水一方
我想请来西王母的呼啸
鼓舞起昆仑的风雷激荡
卷起九重天的雪
奔向万里之外的洪荒

我想落在她的手心
落在她秀发和睫毛之上
举手满是晶莹的柔情
回眸就是刹那的雪崩
大野空旷　大爱已无疆

2019.10.18

迎面而来的昆仑山

是苍鹰滑过深邃的蓝天

是冰河无声的流淌

才将我唤醒

昆仑山

扑面而来的昆仑山

我匍匐在你的脚下　震撼

雪峰就在那里

横亘　庄严　连绵

接天地　连宇宙　无际无边

却静默无言

我渺小如一粒雪

卑微如这草叶

我从遥远的天边大泽走来

走过远古洪荒

走过山海经传

唱着周穆王与西王母的情歌

找寻你

找寻你的容颜

找寻与等待

一如我心潮起起落落

一如你肩上交替的日月

一如敖包与经幡遥遥相望

静立的树与悠闲的牛羊为伴

昆仑山

我遇见你

遇见勒勒车　蒙古包和炊烟

遇见格桑花无际无边

遇见我——一个凡人的永远

2019.10.19

长河浪波

长河浪波

长河浪波

你再一次震醒我年轻的鼓膜

我在你岸边醒来

带着满身疲惫的风霜

带着天边的一弯晓月

我沿着你的脉络回溯

唱着东流入海的浩荡华章

挟着跳出壶口那一刻的风雷激荡

伴着九曲盘旋百折不挠的琴声悠扬

叩响山川之门

我要在长河落日的怀抱穷千里目

我要倾听巴颜喀拉山第一滴融雪

长河浪波

长河浪波

我在你岸边跋涉了好久

我的衣衫很旧

眼睛里血丝很重

但我始终澎湃着你的脉搏

洋溢着你的光泽

长河浪波
长河浪波
我是你的儿子
你是黄皮肤的黄河

1995.4.23

冰河

飞雪向往河流的漂泊
飞雪羡慕大海的辽阔
洋洋洒洒飘向大地
覆盖山冈　草原和田野

你就是这雪野之下的冰河
内心其实火热
柔情点点滴滴汇聚润泽
你终将流向远方
汇入海洋的辽阔

2019.10.20

雨中情

窗外雨丝绵密，

仿佛遥远云朵的问候，

和风舒畅恰似秀发温柔，

一条路　始终的嘱托，

一弯河　映照的岁月，

两个人　幸福的传说。

想你绿浪如波，

轻风的舞者，

琴弦之间轻灵跳跃，

纵横自由的山河，

采撷雾霭、流光、云朵，

描绘光影、彩虹、迷之颜色，

日日赠我郁香满怀的花朵。

你遥远的牵挂，

幸福的眩晕，

千百行诗含着笑，

我傻傻地一遍又一遍诵读。

2020.7.30

登泰山遇雨

七千级台阶
汗水浸透
八千里路云月
牵多少游子乡愁

岱宗夫如何　齐鲁青未了
君临天下的秦皇汉武　唐宗宋祖
我来了
我登上泰山之巅指点江山
我站在南天门看那齐烟九点

历史如烟诗如雨
李杜怎能想见华夏已繁华的拥挤
滂沱大雨的深夜
也不能阻止　九曲十八盘攀登的步履
日观峰下人如潮涌
迎客松畔帐篷云集

泰山
一生总要来一次
一生总要遇见你

辑一　爱在旅途

遇见泰山的雨

2014.8.17

格桑花

大雪覆盖了昆仑山

褶皱　断层　冲沟暴露大地隐隐的伤

格桑花兀自盛开　向阳

他记得盛夏河谷的模样

爱的汹涌跌宕

义无反顾地席卷过高原

向着大海的方向　浩荡

哪怕终被掩埋

哪怕散落天涯

格桑花

什么也阻止不了你对幸福春天的向往

如这冰河潜流无声的流淌

什么也阻止不了你爱

等待你爱的人到来

一年又一年你就一直这样盛开

2019.10.18

呼伦贝尔

随风向北
我想象着一列小火车喷吐着白烟
鸣响着汽笛
自林海雪原向我疾驰而来
而我还是那个喜欢集邮喜欢蓝天白云的孩子

无拘无束地在呼伦贝尔草原奔跑
奔跑　像白云一样
越过
辽阔的山岗
静谧的湖水
越过
安闲的牛羊
奔驰的骏马
越过　我所有年少时的梦想

像一只小松鼠一样
在清晨
在雨雾里
在白桦林和落叶松的林间
在大片大片的蘑菇房

以爱为名

在莫名的花丛中我歌声嘹亮

河流蜿蜒九曲
山岗静静无言
呼伦贝尔
我来了
我爱了
却又要离开

2015.8.19

胡杨　胡杨

胡杨　胡杨

难道你没有思想　没有盼望

难道你没有爱的人　不懂得忧伤

为何千百年后还在这塔里木河

顽强地描绘着绿色

在孤寂沙漠与料峭冷月相伴

即使抖落了叶子　生命逝去　变得枯黄

也不肯倒下

倒下了

依然拒绝腐朽　依然坚硬似铁

胡杨　胡杨

沧海桑田

黄沙正漫漫席卷而来

为何你不退却

不随风舞蹈　远走他乡

是为了身后的绿洲和鱼米之乡吗

是为了安闲的牛羊和肥美的草场吗

还是仅仅

仅仅只为等候那位美丽的姑娘

以爱为名

胡杨　胡杨

是什么让你如此顽强和茁壮

是什么让你如此留恋和坚强

大漠沉默不语

依旧日出苍茫　日落辉煌

映照着你黄褐色的脸庞

你的坚持和存在

不正是我们孜孜以求的答案

2012.11.19

人在旅途

一半玉宇澄明

一半烟斜雾横

一路繁花相伴

一川河谷蒸腾

四十五岁的少年

从乐东孤寂的豪岗岭出发

带着火热的胸怀

越过昌化江跨过五指山飞跃过海峡

不管去向哪里

总是那么豪迈

人在旅途

永在旅途

何问终点　何问彼岸

走过了就是曾经

看过了即是风景

写成诗篇成为永恒

少年

你只管向前

以爱为名

一往无前

2019.12

塔尔寺

宗喀巴出生的菩提树下绿草如茵

游人如织的金塔外格桑花静静在开

三生三世的虔诚里是谁在等待

我们的白马和熊是否等在门外

磕长头来的信众和高科技的转经筒

谁的祈祷更早传送天外

未来

你不经意地扑面而来

如这初冬的阳光照耀金顶的辉煌

如这七字真言传送幸福和吉祥

2019.10.13

潍河晨光

是白鹭引领我目光

是草叶的露珠　花的清香

鼓舞轻盈的脚步奔跑

荷叶田田　凌波微步

二十四桥　彩虹飞渡

是潍河静如处子的美

让我张开双臂拥抱朝阳

就随波逐流

去看看大海

就义无反顾

在百尺竿头尽显风流

2013.8.2

我来看看这大西北的苍茫

我来看看这大西北的苍茫
我来听听青藏高原的回响
我来体会雪山空谷的寂寞
我来挑战高寒缺氧的昂扬

青藏高原
我来了
昆仑祁连
我来了
所有冰河时代的过往
我来了
所有的格桑花　雪莲花
请盛开
所有的青稞酒　酥油茶
请斟满

青藏高原
我来了
我感觉渺小得不愿离开

2019.10.15

我们爱过

我们来到这人世间

就要认认真真爱一场

找到那个对的人

跟他诉说你所有的喜悦和悲伤

她不懂

就大声对她讲

会有淘气

会有分离

会有难舍难分

甚至痛不欲生的记忆

别在意

心与心在一起

都没关系

哪怕情路坎坷就如这起伏的沙丘

我独自在这冬日草原唱着牧歌

而你远隔重洋静静地听着

我们爱过

还一直爱着

就已足够

2019.10.15

我喜欢

我喜欢

我喜欢微雨的清晨

风越过重峦叠嶂送来遥远南方你的气息

我喜欢晴朗的午后

我爬上房顶

我想太阳把我湿漉漉的想念晒干

我们还从未一起爬过山

我总是说如果有时间

我喜欢夜色阑珊

喜欢和你手挽着手

走向那岁月悠远

2002.5

我愿自己是这野草

我愿自己是这野草

任思念肆意蔓延

越过高山和大海

越过天涯海角

匍匐在你身边

酣眠

2019.9.8

无名花

你走过的路旁
通往天涯的远方
那些漫山遍野无名的白色小花
在风中颤抖

无名花
不要再挥舞你苍白的手帕吧
路已空
你的心事有谁懂
莫若凋零成秋

1994.7.6

一个人的车站

一个人的车站不只是孤单

一个人的旅程定会很遥远

随时有抛锚　搁浅的风险

过去的坐标

怎能描绘出明天的彼岸

没有一条道路

没有路标

你走过才会留下航迹线

哭吧

在空寂的旷野

会畅快淋漓一点

一个人的旅程

没有承诺没有安全感

就自己给自己写下诗篇

壮胆

就自己想象出美好重逢的那一天

圆满

2020.1.19

子夜吴歌

子夜

却无人唱吴歌

伴我漫长的夜

希望

是一盏远处灯火

汗水　才能伴你人生之舟

飞向梦中彩虹

照亮明日路程

子夜

自己唱着歌前行

2011.11.29 子夜

南渡江一掠而过

南渡江一掠而过

红树林蜿蜒曲折

招潮蟹和弹涂鱼是我的旅伴

他们总是忙碌得日夜不息

野鸭在歌唱

白鹭在舞蹈

海风和海浪

送来遥远彼岸你的气息

我登上层楼

我极目远眺

天空蔚蓝

海天一色

想念如斯

心潮澎湃

就让潮汐与心弦共振

就让爱与日月同升共眠

2019.9.30

暖暖盛夏的雨

我记得你嘱托，
我一定要快乐，
即使没有你也要好好地生活，
喝喝酒　唱唱歌　看看朝阳，
日复一日平凡到老。

生命在飞逝，
美好记忆如影随形，
想携手走过的青藏高原，
那些星罗棋布的湖泊，
融雪与冰川，
美得心颤的溪流，
五颜六色的荒草甸，
澄澈天空的倒影，
还有盐湖之上的星月，
想骑马追逐雨云的你，
是暖暖盛夏的雨。

2020.7.31

辑二　致敬李白　致敬时代

李白　请你穿越而来

也许在今天　李白

你只是一个普通的北漂青年

怀揣着梦想

自西北边陲那个小城

来到帝都长安

想一展你剑客的风采

奈何帝都万紫千红遮掩了胡尘颜色

宫门九重哪里容得下剑气无敌纵横

美人如玉剑如虹只是一个美丽的传说

落寞

落寞时可以饮一杯酒　唱一首歌

可以忘记五花马与千金裘

什么岑夫子与丹丘生

干杯

大不了在花间举杯邀明月

也要弄出点大动静

李白啊

那时的你

更像是个摇滚青年

不再问明皇何时召见

以爱为名

举杯就是酒中仙
下笔便是诗万首

其时你也想到归去
归去江湖间
高居庙堂你感到眩晕
穿梭宫闱你十分拘谨
阿谀奉承俱是你胸中块垒
玉环飞燕皆尘土
奈何皇宫再好不是江湖纵横
明皇礼遇只为装点门面
憋屈

憋屈时
你便呼朋引伴寄情山水　泛舟五湖
蜀道难　难于上青天
沧海远　远不过苍茫云海间
行路难　难不住你白发三千丈
挥手就是抽刀断水
凝思便是梦游天姥
后世所有流浪者和远足客都是你的粉丝
他们唱着你的歌　追随你的梦想启程
而你却挥手自兹去　萧萧班马鸣
何等洒脱
洒脱也是一种堂皇的颜色

辑二　致敬李白　致敬时代

没有长安户口买不起帝都大厦

未经科举镀金不是王侯子孙

却让明皇动颜色　贵妃满酒杯

天下传诵不朽的诗篇

动则剑气纵横千里不留行

饮则斗酒诗百篇万古传诵

李白

北漂　摇滚青年　革命者　仗剑客　谪仙人

哪一个才是你最贴切的称谓

如果是谪仙人

那么请你穿越

现在的丝路愈加繁忙

现在的沧海都很渺小

现在的山岳繁华得拥挤

现在的蜀道都是通衢

现在的长安远超汉唐

现在的中华

可上九天揽月　可下五洋捉鳖

现在的北国千里冰封

现在的南国繁花似锦

只是

现在的诗人有些　落寞

以爱为名

李白
请你穿越而来
乘长风　破万里浪
会聚在这风云激荡的时代

2014.4.29—2018.1.6

古相思曲

玉阶空自伫立了千年的等待

箫声还远在玉门关外

吴钩把栏杆拍遍

关山愈远梦愈寒

罗帕润湿了桃花

映红了沙漠瀚海的朝霞

雁阵闪着金光

带着你惊鸿一瞥的忧伤

合着风沙的交响

伴着驼铃的漫长

就仰天长啸

痛饮这相思的醇香

沉醉　不如沉睡

梦里自有你笑靥如花

明眸盼处

所有的城门洞开

所有的时空转换

所有的我的肩膀我的胸膛

以爱为名

你的罗绮你的锦裳
芬芳

1995.11

白发三千丈

两鬓飞雪不如说斑驳

已来不及一根一根剔除

时光就改变了颜色

世事苍茫

胸中的沟壑慢慢爬到脸上

许多路还没走

许多诗篇还没写完

怎么就感觉人生茫然

不

即便是白发三千

我也要把它们根根相连

化作玉龙舞动翩翩

2017.12.17

编钟

浑厚　激越　清扬
如黄土如激流
帝王　庙堂　歌舞
如青烟透碧空

奏响风　雅　颂
唱和诗　书　礼
大国重器
丝路繁忙
绵延不绝
荡气回肠

黄河东流入海的华章
泰山虎踞龙盘的交响
大海包容汇聚的韵律
我华夏上下五千年的昂扬

2017.12

丝绸之路

时光抽丝剥茧

用她纤纤素手

推开尘封的画卷

一条以丝绸为名的古路

在白云与黄沙间蜿蜒

苍凉而且悠远

那时的我站在玉门关外

回望长安

我不是玄奘

没有怀揣崇高的信仰

我不是失望

我怀抱着丝绸

如你肌肤散发柔柔的体香

我的确是在想念——苏杭

我的江南水乡

你听

你侧耳倾听

不是驼铃　并非流沙

是雨水滴在青石板路上

一滴　一滴

以爱为名

然后潺潺地流向远方

流进多少望眼欲穿的盼望

你把思念丝丝缕缕织成锦缎

我把离情字字句句写成诗篇

我不是张骞

什么王权霸道　文治武功

什么边防小吏　部落酋长

世事茫然又与我何干

我　一个旅人

只想骑着汗血宝马飞越过这大漠天山

带着和田美玉　葡萄美酒

以及铁汉的柔情再回到你身边

我　一个旅人

终日与风沙相伴

只能把你的倩影　我的想象

描绘在敦煌

你看那飞天

舞动着最灵动的红袖

如同凤凰涅槃挥舞着翅膀

如同我们灵羽般的渴望

舞蹈　歌唱　欢聚一堂就是天堂

我一个凡人

还会有怎样的奢望

不管长河落日

还是岁月苍茫

干一杯烈酒　饮一盅清茶

品一下故乡

故乡会弥漫在

所有夜凉如水的晚上

如同月光会照亮

我回家的路途

你依着的门旁

2008.8—2013.12

箜篌引

华灯初上
宾客满堂
二十五弦徐徐拨弄
高山流水的吟唱
孔雀东南飞的回响
阳春白雪下里巴人的流觞

葡萄美酒荡漾宫廷舞袖
霓裳羽衣演绎隋唐风流
那个弹箜篌的女子是谁
可也是十五岁
为何月光予你以华裳　茉莉赠你以郁香
都不曾引你回头望
你可是
在思念家乡

殿堂之外的小将
为何你热泪两行
是流萤入眼还是琴音震颤心房
还是
只为逝去的时光　和

无能为力的悲伤

2014.3.7

辑三 爱在四季

春风啊

春风啊
有多少种子等待发芽
你赶走严寒
怎么又吹过漫天风沙

雨水啊
有多少盼望湿润了眼眶
可你不来
你不来　我也要绽放

1995.12

月光

月光有时也会照亮

我布满灰尘的衣裳

逐渐模糊的过往

他不会打招呼

不会像妈妈一样絮叨

一个缝隙或者抬头一刹那就够了

一切突然清晰起来

如同海潮滚滚而来

你无法躲避

也无法忘记

月光还是月光

我们还是自己

2018.7.25

为了理想

为了理想

飞蛾献出了翅膀

为了理想

我已遍体鳞伤

最终要献出生命吗

会不会有灯花的轻响

1995.11

清明时节

有什么可以纷繁，

在这寂灭与永恒之间，

有什么不能忘却，

如碧空似轻烟。

旧时光难舍难分，

新世界焕然一新，

在清明雨中默立，

遥望　遥望那些当年杏花和春雨的相遇。

然后我们

我们挥手道别自兹去。

2020.4.4

春雨之晨

恍惚中被鸟鸣吵醒，

想起昨日连绵的雨，

音讯全无的花朵等待风的吹拂，

我羡慕徐徐蒸腾的水汽，

它们也会挂在你的天宇，

虽然遥远得　遥远得不能替你挡住一丝丝的伤，

请你一定　一定好好的，

不负这雨后空山　鸟鸣绚烂　痴痴地想念。

2020.4.5

四月的花树

走过一条路，

新叶青翠鸟儿鸣唱，

高大的树木姿态优美，

白色的野花遍地，

坐在路边，

等着太阳从那片云层后蹭出来抱我。

让阳光泼洒一身，

让风从身边流过，

看着天空白云悠悠，

花儿兀自开放，

鸟儿清脆啼鸣，

就一个人坐着，

就好。

这个春天总感觉我已非我，

我是这个春天里的一棵花树，

一片深情的云朵，

一阵快乐的风，

我是四月的一员，

不说话不思考只是快乐。

2020.4.22

初夏之晨

挥手致意那些游鱼
仰头谛听鸟鸣的交响
会心微笑然后轻灵飞去
摇曳睡莲的流光
朝阳里翻飞的片羽
都是晨风的期待

你轻捷不驯的灵魂
不能留下欢快的足音
不能酣畅得大汗淋漓
远隔重洋的幽闭
隐隐的痛在我心底

那就早起
穿过林间小径
在朝阳里伸展开臂膀　深呼吸
遇见
久违的早晨久违的你

2020.5.7

雷阵雨

天灰蒙蒙的，
我就在熙熙攘攘的人群里，
许多和我一样平凡的人，
岁月长河里的小波浪，
脸上是为生活奔忙的烟火色，
身后是不为人知的喜怒哀乐，
脚步匆匆融入人海。

我想表达，
沉寂火山的问候，
欲说还休的挽留，
我想要来日方长，
更渴望此刻牵手。

云和云热烈拥抱遮住光影，
然后闪电催促雷鸣，
就轻轻地相逢吧，
轻轻地拥抱互诉衷肠，
然后轻灵地飞去他乡，
初衷不改长长的守候，
守候老套的爱情，

才子佳人缓慢悠长的节奏。

正午阳光涌出，
瞬间穿越回来，
熟悉的时空影像，
滚滚而来的渴望，
真希望雨永远不要停，
可是前路漫长，要往前冲。

要去告诉这世界　雨的自由，
有爱就够，
流淌的夏天只需要一叶扁舟。

2020.8

夏至

已不是少年，
现在看夕阳得开车上山，
得等到不是阴天。
走在村里，
一抬头晚霞已静静铺满天，
一群群萤火虫，
挂起幽幽的小灯笼从草地上袅袅升起。
夏已至，
尤其美尤其怀念和你一起的傍晚。

2020.6.23

夏夜星空的传说

在繁星满天的夏夜
不必去追溯时光的长河
不要去过问星群的传说
银河的深浅和熟悉的星座
时光如白驹过隙
重逢只在今夜

就当我们是两只可爱的小贝壳吧
伴着太平洋潮起潮落
跨过二十年光阴
飞越过山川大海河流与湖泊
紧紧相拥

你双眸流动
如五月泉水
闪烁着夏夜光辉
你发丝的柔香
春柳一样拂过我面庞

这世间哪还有什么苦难
人生跌宕仿佛河流婉转

以爱为名

离合悲欢恰似星群闪现

爱得难舍难分

只如今夜相逢的传奇

和所有夏夜星空的传说

就交给永恒时光吧

他会记得我们爱过我们来过

和以爱为名的不朽传说

2019.9.12

暴风雨夜

暴风雨统治了高速公路，

冷暖温凉冲刷着河床，

山岳无声草木生长，

此时飞鸟　静立　冥想，

待阳光,再去飞再斗志昂扬。

暴风雨夜,

闪电劈开记忆闸门,

只隔着玻璃窗,

恍惚见你,

柴米油盐生活,

悠长市井闲逛,

侍弄菜园花花草草,

散步湖边去看斜阳,

听听飞鸟,揉揉脚,

阳光洒下翠绿,

云雾升腾缭绕　落花微波荡漾。

暴风雨夜,

孤独去了他乡,

思念在路上回响,

以爱为名

风雷激荡相随，
我不再恐惧一个人找寻流浪。

2020.8.7

秋日私语

我在想

此刻　你正站在窗前

窗外间或有人撑着雨伞走过

秋雨无声

枫叶似火

孩子们都很安静在做功课

你走到讲台热切看着淘气可爱的他们

会心微笑

课间　一杯暖暖红茶留香

若有所思味道

越过太平洋

慢慢欣赏

这宁静秋雨时光

2019.11

秋雨无声

秋雨无声
润湿晚霞
秋风有意
天籁回响

院中的石榴早落了一地金黄
她在等待还是守望
榴火似的夏天清新的香

我的家没有围墙
我的爱没谁能阻挡
我看见儿子香甜酣睡模样
怎么还会烦恼

2005.11

枫叶如火

曾经那样羞怯
带着大地依恋
满含雨水柔情
萌芽生长

向着阳光伸展翅膀
鹅黄似柳轻扬
苍翠欲滴欢唱
所有风沙的脚步
所有酷热的幻想

只为
只为在秋来的岁月
迎着你目光
美成一树花朵

2019.10.10

时光落叶

时光落叶

遮遮掩掩

我们易老的容颜

张口就说出的那个字

已是许多年前的事

我们邂逅的街头人潮汹涌

欣喜 犹疑 躲闪 徘徊

终于四目相对却始终默默无语

沿着初秋河岸

走一走吧

让秋风拂去眼角泪水

看黄叶铺满大地温情

夕阳怀抱着温暖

夜色笼罩着远山

时光把过往早已酝酿成酒

他是我们彼此有温度的问候

2003.10.11

冬雾之晨

我已不再是疾驰而过的风

已失去狂飙突进的勇气

那因思念而干渴的灵魂

因为痛而冰冷的心

而你

为何此时向我涌来

带着潮湿温热的呼吸

我想把你吹散

却久久徘徊

既然不想点燃爱的熊熊火焰

为何不转身离去

又如此紧地将我包容

长长的叹息生成遮日弥天的雾

那些美丽的树挂

草尖上的冰晶

千万不要去碰触

因为　它们

是美丽邂逅唯一的见证

唯有春风

唯有春风才能消融

2002.12.13

初冬的河岸

初冬的河岸该有些什么留恋

雪还没有下

白的是芦苇的头发

天地静静地望着彼此

河水清冽

小鱼小虾在青苔间忙碌不停

而雁已归去

就恳请风

送去北方碧水的牵挂

就拜托云

寄去雁渡寒潭的剪影

就期待雪

装饰你北回的归程

1998.11

我渴望一片疆场

天空布满罗网，

星群四处躲藏，

氤氲密布于路途，

乌云遮住了月光，

闪电　你来吧，

来刺穿我胸膛，

暴雨你来吧，

来洗刷我的感伤。

二十岁了，

我渴望一片疆场，

越残酷越过瘾越好。

闪电你来吧，暴雨你来吧，

模糊的清晰的未来你们都来吧，

我渴望。

1992.10.10

雪

远道而来的风
送来你甜美的梦
久违的白雪
洋洋洒洒穿过来来去去的时光
穿过静静白桦林

你的红毛衣蒸腾着岁月
从路的尽头望向我
我痴痴傻傻等着
等着你　我的精灵

我们就假装时光又倒流
不
不用假装
我们还是爱吧
一年又一年就这样悠闲的大雪天
就像蓝天始终包容着远山
而远山总是湖水的依恋

2019.10.18

十六岁的阳光都很灿烂

阳光灿烂

白云悠闲

那个无拘无束的追风少年

会假装不经意地望向你

然后飞也似的逃离

说好要尖叫的

但他只是涨红着脸

他只是羞怯

他不懊悔

因为还有大把大把的时间和无穷无尽的机会

躺在打谷场的麦垛上做一个梦

就能写出滚烫滚烫的诗篇

他反复练习着

期待最完美的表现

还是一个午后

他大声读完写给你的诗篇

预想中的勃然大怒和转身离去都没出现

啊　蓝天幸福得眩晕

以爱为名

十六岁的阳光都很灿烂

亲爱的时光

亲爱的时光，

你不要走得那么匆忙，

有许多话，

还没对爱的人诉说，

有许多诗篇还没写完。

亲爱的时光，

你曾经是那么漫长，

在你岸边望不到尽头我们会默默感伤。

为何弹指一挥就半生走过，

浮生若梦　岁月蹉跎。

亲爱的时光，

只争朝夕吧，

把半生当作一生重新来过，

把今日当作永恒，细细分割，

紧紧拥抱这每一分每一秒的夏夜，

直到山无陵江水竭。

2006.12.13

辑四　红豆生南国

旅人蕉

一

在你曾经过的路旁
思念疯长
总是翘首盼望
却漫长而又漫长
毫无音讯的叶子写满了诗行
摇曳着
被风撕开了一个又一个口子
它不哭泣也不悲伤
兀自在这风雨里曼妙婆娑
一味地碧绿如昨

二

贝叶脉络清楚述说着历史
情路却如这小径
曲折漫长

岁月用翠绿写下生命的诗行
风在吟唱
我在欣赏

以爱为名

遥远的你
是昨日午后的光
越过半个地球凝望

2019.11.28

晨之随想

一

思想的火花，

时间的陈酿，

在清晨的深林沐浴着花香，

就是盛开啊，

为了心爱的他，

哪管什么遍体鳞伤，

朝阳正在升起，

袅袅江岸远隔的重洋一样洒满辉光。

高大的树和蔚蓝的天，

无际的绿野安闲的小花，

静静的荷塘，

正是你我溢满爱的家乡。

二

雨丝滑过脸庞，

云朵升腾希望，

鸟雀在展示歌喉，

落花流水一样清丽美妙。

以爱为名

有时想，
就沉入这海底，
深深的海底，
再不会在两天之间心乱如麻，
再不会晨昏日暮思念如澎湃潮汐，
也会盛开白色的红色的珊瑚花朵，
也会看到自由来去的云朵，
夏夜的繁星和浅浅的银河……

2020.7.21

我是三沙人

风掠过椰影

沙闪烁着晶莹

浪追逐着青春

火燃烧着热情

我是三沙人

海的故事我懂

我有红珊瑚似的梦

我有大砗磲的心胸

我有绿海龟的坚韧

我有千年来丝绸一样绵延不绝的故事

要讲给你听

听青花瓷一样的贝壳在吟唱

看汉唐的明月在波斯的酒杯中荡漾

歌伴着五洲四海的波浪

舞吹过长城的风和着海岛的回响

三沙是我家乡

欢迎到三沙来

2016.12.3

冬雨

如果今天不是立冬节气
你注定只是一场平常的雨
如果不是北纬十八度的海南岛
我就不会在冬雨里这样痴痴地望

我想母亲
我想她包的热腾腾的水饺
我想她会在每个节日里都会把我记挂在心上

冬雨
你也会落在齐鲁大地　胶东半岛吗
你也会落在故乡的屋檐和青石板路上吗

冬雨
你在深夜唤醒了我
你远不只是我青春期的忧伤

2017 年立冬

热带雨林的朽木

轰然倒地的大树都是几百岁的老爷爷了，
静静躺在森林里像一艘艘沉没海底的船。
然后，
五颜六色的蘑菇房膨胀着，
弯弯张望的蕨显示着婀娜，
一丛一丛热带兰争奇斗艳，
未名的小花小草和纤细灌木依附生长，
向上　向着阳光。

我把你名字刻在一株相思树上，
千年前王维捡拾红豆的那一株，
他依然茁壮，依然相思难忘。
我把诗行写在芭蕉叶写在无数时光碎片里，
八哥和鹦鹉自会传唱，
还有高大的橡树和英雄的木棉，
那个叫舒婷的诗人是我的偶像。

雨林湿热，
有雨　有云雾蒸腾，
有亿万亿万生命，
在朽木上诞生，

以爱为名

硕大健壮的　渺小微末的，

在天地间生生不息，

有爱，

有生,和另一种形式的生。

2020.8.12

辑四　红豆生南国

幽兰如梦

云朵汹涌

河流浩荡

雨季漫长

我在雨林河谷仰望

探寻生命

探寻爱和日光

一缕幽香萦绕

轻轻地

轻轻地拥入我怀抱

不是槟榔不是栀子花

花季已过

谁在唤醒朝阳

找寻　张望

都是喷薄的绿奔腾的黄

高大的木棉和相思树遮蔽的蓝天

哪里有硕大花朵和忙碌蜜蜂

也许　是孤独期盼

幻化出的美好

向雨林更深处　走去

以爱为名

蓦然
一抹甜蜜的红艳从低矮的灌木间跃出来
跃出来　把所有翠绿所有枯枝腐叶当作背景板
鹅黄花蕊曼妙身姿
露珠折射着渐变浅粉的红颜
爱了　就爱了
泪已盈眶在一瞬间

光线偶然穿过的林间
层层叠叠原始雨林里
无人走过无人欣赏的角落
谁会懂得珍惜你的美你的容颜

谁去管
枯枝腐叶编织着生长脉络
连绵雨季带来太阳　月光和星辰的召唤
自然而然盛开生长
在悠长而又悠长的岁月里
无所阻挡的红艳幽香
闪现

2020.7.29

雨林篝火

繁星下的篝火是谁点燃

欢快的江水在向谁诉说

萤火虫在林间穿梭

伴着我们舞蹈的欢歌

夜空和远山从来没有分离过

多美好的夜色

在这个静夜

该有一位弹箜篌的女子踏着粼粼微波

穿过盛唐庭院

回首明月宫殿

水袖轻挥

眼光迷离

转眼就换了人间

沉醉

我怎能不沉醉

只因美人如玉而夜色如水

2017.9.12

花季

漫长花季或是转瞬即逝时光，
都在蓝天背影里酝酿着美好，
青涩果实层层叠叠缠绕旅途风沙，
每一个孤独日子都是一颗甜蜜种子，
在每个深夜生根发芽。

2020.8.8

海南夜雨

人生有多少这样的雨天
有多少滂沱后的泥泞
浮云的聚散

列车滑入深夜
心却飞回故乡
旅程无止无休

管他往事如烟
管他云聚云散
都抛在脑后吧

看那星河银汉多么璀璨
晚风习习家乡也正是雨意阑珊
多美好的夜晚

2018.5

此时此刻

此时此刻
我坐在尖峰岭的浓荫里
看望楼河奔流而过
一路唱着莺歌海的歌

我想我也能这样快乐
这样快乐的生活
即使雨季已过
即使三角梅和木棉花还没盛放红硕的花朵

此时此刻
我就是那汇聚的溪流
跌宕起伏蜿蜒曲折
才适合放声高歌
才适合浓墨重彩
才适合悠然自得

2018.9.25

大海

你从不曾停留

仿佛一生没有爱与哀愁

你不停地汹涌

把贝壳和沙子推到岸边然后再把它们卷走

你从不曾离去

不需要道别挥手

你从不曾等候

该来的会来该走的会走

你一直在我左右

2019.5.23

观火山口

是的

你爱过

热烈过

磅礴过

大地啊

你滚烫的心

真诚燃烧过

你喷薄的血雄壮宣誓过

你爱蓝天

你只爱蓝天

亿万年痴心不改一直对天空诉说

还有一些秘密凝结成宝石在地底深深埋藏着

他们在等待啊

等待亿万年沧海桑田

等待尘世间的人走过　传说

他们在等待啊

热切地盼望汇聚成天池

火热的拥抱流淌成河

继续欢快地唱着那首老情歌

他们在等待啊

因为漫长

思念长成参天大树

山川崩塌化为尘土

黝黑的火山岩却从不曾改变

粗糙温暖的躯壳

轻盈飞去天空的梦

2018.10.13

海螺

这世界总有回响
或是海浪或是心潮
或是天风拂过脸庞
或是足音回荡

那就给我山的形状
那就给我海的深邃
让我鼓足勇气对你
吹响号角

2019.5.30

海南　海南

海南　海南
有多少人是因为温暖
因为椰风与繁花永远的夏天
化身候鸟
流连忘返

海南　海南
有多少爱是因为沙滩
因为蓝天与碧海的邂逅
雨意阑珊
相看不厌

海南　海南
有多少帆是因为浩瀚
因为广阔无边慷慨的胸怀
不远千里万里踏浪而来

就在这里吧
在这热土和蓝海
诗意地栖居

以爱为名

勇敢地漂流闯海

2019.5

海之南

北冥有鱼，
南冥奇甸，
五指山高，
碧海蓝天，
仙凡之间，
随遇而安，
我已是神仙。

椰影婆娑，
芭蕉夜雨，
云蒸霞蔚，
大河奔流蜿蜒。

山蓝米香，
稻酒甘甜，
三月初三，
欢歌笑语嫣然。

在菩提树下顿悟，
在桫椤洞里酣眠。
在芭蕉雨下忘我，

以爱为名

任仙凡之间蹉跎，

在海之南，

有广阔的天。

2019.5.30

火焰木

凋落又怎样
依旧火炬似的红艳
依然闪烁着光芒

物质不灭
哪怕终归尘土
爱会永远
如这一季一季的花开花落

2019.11.28

文殊兰

天地有静气，

雨林河谷有文殊兰，

嫩绿叶舞　花朵圣洁　清新辽阔。

不为惊艳岁月，

任浩荡洪水擦肩而过，

不为等待谁，

共野草野花荒芜寂寞。

我曾对你说，

若有忘忧草，

定采来赠你以清新萦怀。

风在漂泊，

雨写传说，

同一片天宇，

同一棵花树，

有何求之不得。

无须烟雨更不必热烈，

哪怕大地干旱开裂，

洪水肆虐，

文殊兰，

你还是你，

月光朦胧的夜，

静静生长　开放，
日复一日　不可阻挡。

2020.8.14

尖峰岭与望楼河

定要缠绵

定要委婉

定要峰回路转

诉说依依不舍的留恋

千万般不舍

万千支箭钻心的疼痛

汇聚成剑　刺向苍穹

只为

只为你汇入大海时的回眸

2019.9.28

可以

可以挥手道别

可以忍受长长的分离

可以距你千里万里

哪怕隔着太平洋遥遥相望都没关系

可以在清冷的早上吐雾成霜

可以在暴风雨夜忧思难忘

可以在你走过的路旁

在你经过的所有地方去意徘徊

只要心中有爱

只要知道你在

你会在我身旁

就会期待

2019.9.12

黎歌

黎歌婀娜　柔美　婆娑
黎歌爽口　甘甜　清冽

不只是三月
在所有的丰收时节
不只是欢聚
哪怕别离
哪怕是相思的苦涩

我们一起唱黎歌
斟满美酒
手挽着手
任月光如水
任篝火摇曳

2019.5.30

南渡江畔朝雾清晨

南渡江畔朝雾清晨

滨江路上红尘滚滚

我无心赏花心似江水

无力抗拒只能共你喜悲

2019.12.28

山居岁月

暮色消隐于凝望的海，

天涯雏菊芬芳你的面庞，

我不愿隔着冰冷的玻璃和你讲，

推开窗，

森林扑面而来的味道，

我心心念失之交臂的，

幸运啊，

从我梦乡到晨光，

露珠里展翅的飞鸟，

目光中盛开的荷塘，

朝阳升起，

大地开始生长歌唱，

日复一日的光芒……

2020.6.26

辑四　红豆生南国

你在远方

你在远方
一定在远方
在清晨上学长路的尽头
在夕阳回家的地平线
在雪山高原隆起的脊背之上
在我心路蜿蜒曲折的每个地方

我沿着河流的脉络
循着风的脚步
谛听着森林的欢歌追寻你
你是我的宿命
你是暗夜里的我的光

你在远方
你在哪里　哪里就是我的向往
你一直住在我心里
陪我走过四野洪荒
激励我穿越雨雪风霜
相遇在十六岁的花季
午夜梦回总是几十年的挥手别离
哪怕今夜的沙漠寒冷孤寂

以爱为名

可我依然坚信

明天就是露珠和阳光重逢的欣喜

2019.10.11

三角梅

终于熬过了雨季漫长

三角梅等来了日光

热烈就热烈地奔放

就盛开成一片火红海洋

就没日没夜地爱啊

就没心没肺地爱啊

叶子就是花朵

花朵就是叶子

义无反顾地点燃整个干季

盛开九个月花期

在你经过的所有地方

怒放

2018.10.13

望乡

坐在海南熙熙攘攘闹市街头

身边候鸟老人和孩童欢笑游走

一枚树叶悄然地落在肩头

我抬头望了一眼

这棵或许叫作菩提的树

忽然就想起故乡

三千公里之外飞雪定会繁忙

僻远的山村　寂静的山岗

我真羡慕这些生在南国的树

他们不必奔走他乡

如我一样追逐梦想　放逐流浪

我甚至羡慕所有的树

他们的爱人不会离开这土地生长

突然痛楚

此去还要经年

经年才回故乡

2020.1.3

无由的，泪如雨下

无由的，泪如雨下
阴郁的天空
细密的冬雨
模糊了南渡江
混淆了海峡

刹那间心悸
伴你离去的背影
渐行渐远的
还有我的美梦

2019.12.28

雾起远山

有雾

自远山袅袅升起

仿似母亲燃起的炊烟

仿佛你挥手道别的泪眼

在这望楼河畔的晨光里

自然而然地下起了雨

2015.4.11

邂逅三沙

总是幻想一场美丽的相遇
蓝天白云下海风吹起你裙裾
总是幻想你静静伫立在那里
一如灯塔照亮我回家的天际

三沙
美丽的新娘
我在大海里航行了千里万里
终于遇见你

你柔曼的轻纱拂去我一身的疲惫
椰林的甘甜滋润我饥渴的心

三沙
美丽的新娘
请听我诉说
请用一生听我诉说
在这海角天边我们的柔情蜜意

2016.12.3

夜宿尖峰岭天池

天池
隐藏在尖峰的怀抱
沐浴着鲜花海洋
仿佛遗世独立的你
清澈的回眸

我披荆斩棘穿越四野洪荒来到这里
只为欣赏你湖中倒影的月光
我是那只调皮的小猴子
趁酒微醺　驾一叶扁舟
到湖心捞月亮
月亮被我捞碎了
碎成无数颗星斗
尖峰被我打碎了
幻化成鱼群游走
那些过往却一一浮现在你波光粼粼的湖面
她们柔软啊
一如你温柔的心和舒展的衣袖
一如你荡漾的水波轻轻唱着缠绵恋歌

辑四　红豆生南国

天池

今夜　我在尖峰岭的怀抱

在你岸边睡着了

傻傻傻傻地睡着了

2018.12.31

以爱为名

遇见

你是突如其来的飓风
事隔经年我终于等到
在我们的故乡
下了几天几夜的雨

这是二十年的思念煎熬
所有的种子都饱满着希望
所有的草芽都含着微笑
所有的花朵都流淌着甜蜜
所有的毛孔都散发欣喜
所有的天气都很美好
所有的相遇都是传奇

我们　哪里还有力气去承受分离

可是
朔风渐起　青草枯黄　你终要离去
无力
我　无力阻止这季节更替
你　也不是不爱这土地
我们爱啊　爱得纯粹　忘我　甜蜜

120

辑四　红豆生南国

我们爱啊　爱得纠缠　挣扎　抗拒
......

在没有长亭的天涯
画地为牢
在海的尽头放弃任何抵抗　虚妄　天真和幻想
除了爱　放弃一切吧
任这野草野花疯长

2019.8.1

勇气

渴望的远方，

依然遥远，

痛恨过的山岗，

一直横亘在心上。

穷尽一生都在追寻的湖水，

想起来就热泪盈眶。

三十年了，

我还是那胆小的芦苇，

不敢抬头望你的方向，

只一味地　一遍一遍写下十四行。

时光无情，

要么追寻要么追悔，

于是我，

选择做动荡不安的河流，

义无反顾瀑布之下的汹涌，

或许是黑色风暴的海浪，

凝结成粗糙冰的形状。

在这样一个雨夜，

在中国最南端的热带金矿，

矿井下的轰鸣里，

辑四　红豆生南国

有千万里之外宁静的月光，

历尽沧桑静美的脸庞。

有我汗水滋润的胸膛，

力拔山兮的臂膀，

有我勇气唱响，

澎湃大海的歌吟，

鼓舞天空的帆影，

永不分开　长长长长地拥抱。

2020.8.14

辑五　玉碎很美

昙花一现

暗夜里惊艳时光的刹那

甜蜜流光溢彩

恍惚日思夜想梦里容颜

翩若惊鸿的逝水

席卷四野洪荒

星眸照亮的海洋

彼岸朝阳此岸月光

一缕昙花幽香

一梦二十年感伤

在这个昙花一现的夏夜

我陶醉

我　迎风起舞

忘了归途

2020.7.22

一棵草的爱与忧伤

早晨
我知道
你正张开着双臂
你脚下
雾在山谷汹涌
洁白裙裾擦过我脸庞
汗珠在草叶指尖流淌
甜蜜的眩晕

可恨
是那刺目的光
刺穿了雾
打碎了我梦想

可恨
是那早晨
你转身离去
始终无视一棵草卑微的仰望

我美丽的姑娘
在那早晨

辑五　玉碎很美

你怎能知道

一棵草的爱与忧伤

2004.11.11

白日梦

一

清晨的阳光洒满白色的窗纱

温柔的微风远道而来

我喜欢野花远离尘嚣

自由奔放

无忧无虑开放的姿态

金色的阳光依旧灿烂如我们年少岁月

你在酣眠

我下厨为你煮一碗面

不要笑我

现实已布满灰尘

再不做一个美好的梦

该怎样不堪

二

河流平静舒缓

白云轻快悠闲

沙滩柔软清风拂面

落花流水光阴婉转

爱人啊

在雨林河谷的午后

在你心湖如梦的倒影里

我们就这样肩并肩

看朝阳升起　夕阳西下

听晚风和虫鸣交响

就这样一年又一年

誓言已伤痕累累

世事是如此不堪

为你煮一碗清水面都是奢望和空谈

何来朝朝暮暮　哪里鹊桥一度

就做一个白日梦吧

梦里都是喜欢

梦里都是甘甜

2019.11.1

雾

踟蹰徘徊的脚步

欲留还走的痛楚

就等风来吧

哪怕来得凛冽　颤抖　呼吸急促

2016.4.9

风带走了最后一抹晚霞

他再不能狂风暴雨般热烈地表达
不能说出那些滚烫的情话
风带走了最后一抹晚霞
寂寞的枝叶围拢成臂膀盛开洁白的花
思念无声如影随形
如那白云在天地之间静静巡行

2020.3.14

我曾经想和爱的人牵手去看蓝花楹

我曾经想和爱的人牵手去看蓝花楹，

让紫色的花雨洒满衣衫，

走过，

岁月就纷纷落叶，

依偎沉淀，

白首不相离，

会多美好。

蓝花楹　绝望中等待爱情，

曲水亭　总不见你身影，

我们隔着太平洋隔着山水千万重，

隔着暮暮朝朝拥抱，

时时刻刻煎熬，

隔着多少　明湖夜月　萤火舞蹈。

幸好，

有缥缈云天之外蔚蓝，

有世事纷繁之间虹影，

幸运有你，

在水一方，

在意这些飘忽的云和淋漓的雨，

辑五　玉碎很美

在意这份等待坚定不移。

2020.8.11

爱的心理学

执意要写一本书，

作为礼物，

献给你，

献给匆匆一面三十年岁月，

我身无长物，

这三百篇诗就是全部。

你说，

我更爱自己对爱的幻觉，

传奇刚开始为何要总结，

爱如此漫长，

怎么要写一个匆匆而逝的悲剧因果。

你说，

你要的，

只是我的爱。

我却一味赞美讴歌，

物化爱，

任凭爱人心在流血。

远远看着，

看着自己的心结，

辑五　玉碎很美

诗梦　爱恋都与幻想吻合，
把自己打扮成受害者，
从此抛却，
心安理得。

2020.8.2

海星星什么颜色

海星星什么颜色
你眨着眼睛你问我
要我怎么回答你
我美丽的姑娘

星群在暗夜里闪闪烁烁
潮水退却了
袒露出许多贝壳
美丽的姑娘
这世事纷繁时光无情
你怎能知道我心中隐隐的痛楚难言

你看　　你看
那阿修罗的火把渐行渐远

2003.7

候鸟

轻盈地滑过我的天空
我听见你明丽歌喉的召唤
我是爱你的
而你已平淡
我曾陶醉于你舞姿的蹁跹
羽毛的鲜丽
歌喉的甜蜜

只今日才见你
去意决然
不必盘旋
我也明白
是季节使然

2014.2.21

瀑布

我宁愿为你
燃烧然后熄灭
也好过躲在角落里哭

我宁愿从这悬崖坠落
化成粉末
弥漫成雾或幻化成彩虹
绚烂

我会唱着雷鸣般的歌
带着义无反顾的决绝
炫耀着透明的颜色
我会告诉世人
欺骗他们说我曾是九天的银河
现在的我也很快乐

2020.1.19

闪电爱情

也许只有这样

我们仓促的相逢

才会留下刻骨铭心的记忆

电光石火间的欣喜

一生又怎会忘记

爱情啊

就在一刹那照亮了这世界

然后　　然后决绝而去

只留下身后轰隆隆的回响

续写传奇

2019.6.10

我曾经想过忘了你

我曾经想过忘了你
不能给你世俗的幸福
不能朝朝暮暮
爱你是奢望
想你是多么不合时宜

你是星空的璀璨
你是远海的帆影
因为卑微不敢奢望爱你
我想你在那里你就在那里
你是拂面的清风
耳畔的虫鸣
你是我心中的热火
怀抱着的柔情

我曾经想过忘了你
我是说曾经

2015.12.20

抽象画

艺术家告诉我
这就是我眼中所见日思夜想的
茶卡盐湖星空璀璨
那就是异域黄昏每天都会上演的歌剧咏叹
这两张画做我诗集的封面会很有画面感
会深深地吸引读者跟着飞上云端　跑向林间
然后静静坐着　欣赏晚霞的浓艳

我说我还想用家乡湖泊的那一张照片
它不抽象不莫测高深但我喜欢
它有故事正如我们心中所愿
芦苇的安闲掩映着波光潋滟
莲荷的芬芳溢满湖面
鸥鸟缠绵着湖水
白云依偎着远山
微风轻畅
流连

艺术家耸耸肩
对于天马行空的思念他很在行
关于团圆那是他也无能为力的悲伤

以爱为名

我望向窗外

恰好一群红胸翠鸟欢快地飞过

说爱就爱　我真羡慕它们的自由　真诚和勇敢

2020.2.8

我多想我的梦不成灰

我多想我的梦不成灰，
你永远，
只占据我小小心房，
霸道地占据它　一直到相思树所有叶子掉光，
轰然倒地　回响，
慢慢拥抱着腐朽　河流漫长　归于海洋。

我多想现实里平平凡凡相爱，
柴米油盐,磕磕绊绊,
贫穷或富有,
渴望相拥而不只是,
遥遥相望。

我多想,在你的人生里放肆生长　尘土飞扬,
想爱就爱　无所阻挡,
走过千山万水还是少年模样。

2020.8.19

誓言

曾经记得

那些当年

年轻的誓言

可是它

抵不过分离

抵不过时间久远

抵不过他人的朝夕相伴

它只是一个美丽的梦

你曾经有过这样一个美丽的梦

而我依然记得

2019.10.22

遇见彩虹

长路无人，

唯雨相伴，

等风来，等风吹来的相遇，

相聚　然后分开，

忘记今天　时间，

忘记夏天，

等寒冬凛冽踏雪而来，

在荷塘之上牵手　跳舞　跌倒，

像个孩子撒野奔跑，

从此忧伤不再。

可恨是我泪水，

是闪电留下耀斑，

是雨打车窗轰响，

千万里之外身影流浪，步履蹒跚。

忽然彩虹，跃入眼帘，

不是月光不是你昨日朝阳，

浅浅的笑映照山河，

忽然此时　又充满热爱，

爱整个世界　山川河流　莺飞草长，

以爱为名

爱,每一天。

2020.8.18

他,仍是一个赤诚少年

他怀揣了她的身影,

默念她的名字,

费尽心思日夜考量,

他一直自责一直想实实在在庇护爱的女人,

这一次他踌躇满志,

觉得终于可以。

为此他不惜在未来披星戴月加倍努力,

他又能求得什么呢,

他不求什么,

只为她能在现实里感觉到他在,

在他的心里展颜一笑。

他不顾一切想实现他的梦,

他太想疼惜他的女人,

以至于,迷了眼。

然而这一切很快换来劈头盖脸的误会,

责备,抱怨,眼泪。

这一切对他是不公平的。

遇到她以后,他热情,莽撞。

遇到她以后,他,仍是一个赤诚的少年。

2020.6.29

辑六 以爱为名

辑六　以爱为名

让我把此生都交付给你

让我爱你
让我把此生都交付给你
田产地契　车马喧哗　灯红酒绿　这些恰好我都没有
我其实一贫如洗

我交给你我的灵魂
我交给你笨嘴拙舌的蜜语甜言
还有那人云亦云自称不朽的爱的诗篇
我就把这些虚无不算数地交给你吧
你知道这些不是欺骗

我交给你曾经追风少年的梦
和胡不归的田园
我交给你风华正茂的过往
和一身疲惫的风霜

亲爱的
我知道你也是一身疲倦
只是见到我时
才不会满眼沧桑
是你眼里的柔情激励我

以爱为名

亲爱的

我爱你

就是这样

2019.12.28

我喜欢漫游

我喜欢漫游
喜欢四处行走
我喜欢晴空的蓝色
和羊群般走来走去的云朵

我喜欢漂流
就一叶扁舟
仰望星空
在暗夜之中找寻你的眼睛

不需理由
你就在前方也在我左右
我闭着眼睛　我不说话
我们紧紧相拥

2008.9.15

每一条道路都通向远方

爱人

风雪吞没了山岗

没有一条道路通向远方

我站在这里

为你挡住漫天飞雪

茫茫雪山长长界河

在我身旁静默无言蜿蜒曲折

爱人

没有一条道路通向远方

没有洁白的和平鸽

没有相思的红豆

没有你温暖的手

我怎能抵挡这冰天雪地的寂寞哀愁

爱人

有你

有你和祖国

在我身后

你多情凝望萦绕左右

轻声问候如阳春拂柳

辑六　以爱为名

爱人
我庄严地站在这里
不孤单　也没有难舍难分的忧愁
在我身后　每一条道路都通向远方
通向家乡
祖国人民梦中的安详

2003.11

爱是一种信仰

花有花的故事

雨有雨的传说

风掠过湖面会留下粼粼微波

而山就在那里

每天看日升月落

看着我们遇见又错过

即使大洋彼岸

哪怕天涯海角

大叶榕有大叶榕的思念

旅人蕉有旅人蕉的期盼

虽然遥遥相对

却始终相依相偎

茂盛生长

每一朵花　每一颗果实　每一片落叶都欢欣而美好

就如同我们一生

相识相知　聚散依依

2019.9.12

四点钟

四点钟是一天中最冷的时刻

也是光明与温暖的起点

天边的微红色　绯红色　橘红色

浑然一体又轮番闪现

这时河流醒了

开始演奏她的序曲

吐气如兰

弥漫在天地间

壮美如瀑布

静谧如远山

我穿行在凌晨四点的高速公路

穿行在迷雾重重的人生路途

我想趁青春年少努力去追逐

1995.12

年少风尘涌

年少风尘涌

月映大江流

那个少年曾经望着逝川

心中波涛汹涌

远处一片帆影

他坎坷漫长地越过群山

终于抵达海岸

他战战兢兢地踏上小船

才发现风高浪急而彼岸遥远

他奋力向前

已无退路　只能向前

争渡　争渡

他在人生的中途和他的侣伴

有时也会回头看

他多留恋那些苦难

那是命运赐予的五颜六色的华服

他多珍视那些爱恋

两颗心浇灌的花园

他记得所有

所有走过的道路经过的地方和所有遇见

他多渴望

永远也不要到达彼岸

永远在这路途

这无尽的人生长路

1999.10.1

岸

越过群山
流浪过四季
游走在人生之巅

波峰浪谷
跌宕起伏
浩瀚无边

依然在寻找
在寻找
回家的路

2019.12

人生

人生
只如这夏绿秋红
匆匆
何不浅吟低唱
在这舞榭歌台
春秋庭院
把酒言欢

人生
总有春旱冬荒
漫长
那就豪杰英气
跃马扬鞭
纵横驰骋
在这大千世界
留下我们的姓名

2001.1.1

备忘录

也许不只是代表老去
也许不会是躲在回忆里哭
我记录下人生的一点一滴
如同挚友与我携手同遨游

也有过困顿　也走过艰辛
太多的离散在我笔下都会重逢
才子佳人　聚散依依　世界简单而美好

2016.2

或许有雾

或许有雾
一如昨日
弥漫了路途

那我就停下脚步
去欣赏雾凇
去赞美这世界的模糊

1995.12

九月五日

酒很浓

但我最终醉于往事

往事澄清如水

水中盛开着昨日玫瑰

啊

为什么风

永在的风

要　把我吹醒

1995.9.5

理想

我

也许

会忘记

我不会游泳的现实

奋不顾身也要跳进海里游向你

只因　你

以灯塔的形象站立在那里

我

也许

会记起

哪怕我身躯渺小

也有追逐理想的权利

哪怕

汗水与泪水

模糊了你渐行渐远的背影

一生碌碌无为而年华老去

我会用尽所有力气

对这世界说

我如夸父一样追逐过你

以爱为名

不管你会不会记起

2017.12.15

你会吗，我的爱？

我用晨星的眼睛
拨开大地的黎明
我用清风的手
召唤麦浪的清馨

爱人
我在清晨
别一把镰刀
牵牛出门
我走得很慢很享受
从不理会谁会为我停留

爱人
你在哪一个时空
跳跃飞腾
在浩渺的太空
我看见月亮渐行渐远的背影

你赶得上为我升起炊烟
在我日暮归来以前
你赶得上听我的短笛

以爱为名

在我学会表演以前

你会吗
我的爱

2003.6.10

你是鲜花我是泥土

你是鲜花我是泥土
我没有那些美丽的瓶子
没有昂贵或普通的坛坛罐罐
它们都不是花朵的田园
泥土　如我一样平凡的
哪怕牛粪　枯枝落叶混合的所有
才是青春的源头
才值得流连浇灌
亲爱的
你是鲜花我是泥土
我们值得彼此去爱

1996.1.7

若有一天

若有一天

我疲惫得直不起腰身

不能昂然阔步跨越生命的沟壑

我就选择爬行

即便不能攀上最高的峰顶

看　最无与伦比的风景

我　宁可倒在路途

也不会停止前进的脚步

我　宁可输给时光

也不会向苦难屈服

若有一天

爱人啊

我能够与你相拥

我愿意承受这世上所有的磨难

2002.4.3

他

那天教室里只有他一人

他坐在火炉旁给你写一封信

写下雪莱的《西风颂》

赞美这轻捷而不驯的灵魂

他知道这炉火也会映红你面庞

爱意溢满你眼眶

他写下满满的思念

能够爱你就很美好

好像下雪了

推开门

雪花纷纷扬扬　已覆盖了大地

冬天来得毫不迟疑

那个少年怎知道什么雨雪风霜

什么世事无常

怎么会知道分别如此漫长

他想着你的美好

心里就充满着希望

谜一样的远方吸引着你

吸引你去寻找

以爱为名

他还怀抱着那份向往

在你出走的地方

等你　等你经年后再回到故乡

2019.12.15

我不是失恋了

我不是失恋了
只是不能联系
不能在一起
如何能失忆
能不再记起那些美好
能永远忘记那些甜蜜
那些誓言　关山　梦幻
都走远
再不会入我梦境
不会让我肝肠寸断
不会让我思念

2005.12.20

我们

重逢
除了欣喜
所有言语都苍白无力
即使泪水
那也是喜极而泣

我们还是你和我
我们还保有少年的纯真
我们还是我们
即使再唤不回曾经的青春
我们就是　你和我

2019.8.31

我喜欢奔跑

我喜欢奔跑
在无人的旷野追逐风歌唱　和蜜蜂捉迷藏
我喜欢托着腮
呆呆地望着远方
巨大的火车喷吐着白烟自林海雪原滚滚而来

我喜欢问老爷爷
远方有多远　远方在什么地方
什么是故乡　为什么会有故乡

在向阳的山坡
我会驻足
那些怒放的微不足道的白色小花
早已漫山遍野
我喜欢流泪
我也会伤悲
为了给我安慰　野草莓瞬间成熟了
她涨红的脸流淌成一山谷的河
汹涌了我整个少年岁月

2014.4.10

我已不愿等待

我已不愿等待

斜依的栏杆

我已不愿守望

看夕阳缓缓沉埋

遥远的钟声响起

飞鸟像阳光中的碎片

我不期待你的记忆还会醒来

我不期待谢了的花还会再开

2000.6

戏梦人生

定要掩饰再见你时的慌乱
胡乱的油彩却掩饰不住内心震颤
你水袖轻挥
莲步瞬移
兰花指处
眼光迷离
一转身
轻舟已过山万重

此去经年
世事茫然
还是花旦　还是梦里的容颜
而我青衣已破嗓音沙哑
徒自悲叹

就画一个黑白的丑角
插科打诨站在戏台角落
你笑了
你笑了就是一个老生的春天
就是一个戏子一生的圆满

2001.1

心比身先老

时光从未改变
而我已苍老
雄心壮志犹在
青青的河畔飘荡

远方从未清晰过
视野尽是荒凉
哪怕别人的繁华也好
尽可欣赏

我回望来时路
我回想人生跌宕
我想起我的儿子
他在睡梦里微微的笑
我哪里还会烦恼

2009.8.15

遥相望

只能遥遥相望

只能在暗夜里偷偷地哭

爱情啊

为何你那么美

美得炫目

为何所有触手可及的朝朝暮暮

都抵不过分离的短暂痛楚

爱人啊

你在家乡我在异乡

你在水一方我在南海中央

共一袭月光

却只能遥相望

2016.8.15

如果人生是一条又长又暗的河流

如果人生是一条又长又暗的河流
你和我
任凭风高浪急
哪怕曲折回荡
跌宕起伏也要紧紧相拥

如果人生是一条又长又暗的河流
你和我厌倦了死水微澜和风平浪静
总是看不到黎明
那我们就挥挥手　然后各奔西东

如果人生是一条又长又暗的河流
时隔经年我们循着思念又再相逢
那就是命
那就继续一起去漂流

2013.3.2

辑七　致幸运

我这样的诗人

我这样的诗人
既无桂冠也无作品
我所有的无病呻吟
只是为你一人

我这样的诗人
每天为了生活汗流浃背
匆匆的脚步　疲惫的心
缪斯怎会眷顾

我这样的诗人
不管天马行空还是内心的卑微
都只属于我一人
我就是一个诗人

我会在混沌的夜里抓住闪电的绚丽
我能在滂沱的雨中听到清晨的鸟鸣
我只是在你的背影里走不出那份宁静
我只是在颠簸的流离中抛不开内心向往

我无由地泪如雨下

以爱为名

我只是一个诗人
一个自命不凡的凡人
只是因为爱你
我才有勇气体会这伟大的坚贞
哪怕梦里只是你
渐行渐远的背影

2019.3.24

早晨

一

早晨迎着微风

走过河谷

看远山葱茏

听四周鸟鸣

沐浴在你的爱里

一如这无处不在的花香

站在流水的岸旁

掬起清澈的流光

有你在身旁

谁还在乎这如水而逝的时光

二

雨林吐纳着天地

雾从河谷升起

云在张望

源头水流如时光一样缓缓流去

它终将汇入大海

只因你在那里

以爱为名

所有的亭台楼阁

所有的悲欢离合

所有红袖抛去的岁月

所有青梅煮酒的时刻

所有翎羽般的想象

烟波　千万里烟波

我怎能忘却　又要对谁诉说

任重峦叠嶂　千山万水阻隔

三

椰影婆娑

芭蕉摇曳

海浪在呢喃

风听不清楚

那就把心事都告诉沙滩吧

如同那胆怯徘徊的小螃蟹

四处在默写

可是　讨厌的鸥鸟

读懂了我们的言语

还扇着翅膀四处宣扬

然后你脸颊绯红

飞快地跑开了

四

阳光穿过浓密的橡胶林
槟榔热烈地吐露芬芳
芭蕉正张开花瓣
椰影在湖面荡漾
多美好的早上

2019.9.28

有多少青春白发的等候

有多少青春白发的等候
有多少擦肩而过的回首
所有光与影的反射和相投
所有山与水的相聚和奔流

2019.8.31

我的世界里只有你

越过时空

隔着大洋

你再抱抱我

我就美美地睡一觉

离你那么远

但是我的世界里所有的人

所有的事

都是背景

我的世界里只有你

只有我和你

2017.10.1

不许

你说
不许用平常的称谓呼唤我
不许你爱别的人
你　只能爱我一个

不许去河湖江岸
蚊子很多还有些莺莺燕燕
不许去青藏高原管他北国沙漠浩瀚无边

不许再回忆那些痛苦分离
不许再写诗或者流泪
我　就在你身旁
我们余生还很漫长

2019.10.10

我不做凌霄

又到八月
凌霄在石板路旁闪着秀发的柔光
空寂街巷
笑语嫣然的脚步回响
花香如雨的海洋
只能遥相望

亲爱的
不必烦恼
我不做凌霄
做这些匍匐在地的苔藓可好
你不必弯下腰
努力地奔向我怀抱

2020.8.1

倒影

岁月无声如这倒影美好而宁静
如这粼粼微波荡漾我心
看野草野花静静地开遍了天涯
看菩提思索结成星月的果
出走半生
回头凝望
你还在那里
我还在你心里
你
是我和这纷繁世俗的温暖链接
是我和故乡故土的唯一纽带
你
多美好
我
多幸运

2019.11.27

冬

冬孕育着希望

雪是梦的衣裳

寒风凛冽是多么宏大的乐章

而冬夜漫长

三十年前的快乐少年

听着北风也如交响诗一般悠扬

炉火也映红了你脸庞

窗外

几片枯叶等待着疾驰而过的风带它们去向远方流浪

而此刻　我们已流浪半个地球

两鬓飞霜走在回家的路上

已爱得地老天荒

2019.12

枫叶似火

深秋
正是你最绚烂的时刻
黄的如霞红的似火
浓墨重彩地
燃烧着岁月

注定会漂泊
会找寻
会等待
等待你爱的那个人驻足停留
走过　频频回首

终会飘落
覆盖绿茵也会被白雪覆盖着
被车轮碾过成为尘土
会在风里留下淡淡的忧伤和喜悦
在你记忆里的会一直热烈着

2019.10.22

你是所有的美好

你是江南的烟雨

你是桃红柳绿

你是塞外的甘泉

你是天涯的雏菊

你是所有的美好

一生总要遇见你

这就是爱吧

无边的甜蜜

这就是爱吧

不需要言语

你是所有的美好

填满我羞怯的记忆

在你回眸处驻足徘徊

在人潮人海中凝望

仿佛凝望一朵永不再会的波浪

你是所有的美好

永远留驻我心里

1996.4

喜剧

一个少女很严肃地跟我说一件事情
她语气坚定　不容置疑
目光中的爱恋却泄露了一个秘密

三十年了
我始终记不起当初的话题
始终沐浴在爱里

多美好的喜剧
我愿这只是一幕序曲
我愿就这样一幕一幕慢慢老去

2019.9.12

你走后山河依旧

你走后山河依旧

太阳东升西落

我还是朝五晚九忙碌不休

还是失眠

为那些日常琐碎

甚至蝇营狗苟

还有一些不为什么

没有肝肠寸断不眠不休

我认真对待努力工作

平平凡凡真诚生活

只是偶尔会记起在一起的日落

清晨的湖和夏日的莲荷

会羡慕那飞鸟

自由地去来

平淡地相爱

没有人打扰　没有人阻挠

多美好

2019.7

梦的故乡总是白云缭绕

梦的故乡总是白云缭绕

细雨霏霏在林间小径飘扬

我们拾级而上说着寻常

说着说着

云悄悄散去

太阳润红了脸庞

说着说着

我们都去了他乡

隔着太平洋遥遥相望

习惯了这样的日暮清晨

岁月安好的姿态

登高望远的等待

天空绚烂如梦

花朵悄悄在开

2020.7.24

人到中年

人到中年
早已伤痕累累
层层结疤的心也只能自己安慰

点一根烟
吸到嘴里的却是一地土灰
孤独的树还在等待旅伴
月亮升起才知岁月已是秋天

你曾爱的那个人
还停留在昨天的小船
记忆摇着橹慢慢向前
沉醉　沉醉
只为这时光悠远　如水

爱你的人就在身边
可是你假装看不见
你假装这一切都很遥远虚幻
你假装在真实地活着或是为了真实而活着

2020.1.9

如果这就是爱情

如果这就是爱情，

为何我会在梦中惊醒？

如果这就是爱情，

为何我总是你背影的背景？

如果可让你平静，

我愿意独自承受这凄清；

如果可让你幸福，

我愿意在遥远的角落里默默地等。

为何这就是爱情，

明知不能厮守终生，

为何这就是爱情，

任生离死别都不能阻止再相逢，

任天涯海角都不能隔断思念丝丝缕缕缠绵不休。

如果这就是爱情，为何你美得如此残酷如此痛楚。

2010.1.17

这思念已如大地一样古老

这思念已如大地一样古老
它会燃起长长的火苗
它会如野水一样横流
它会开放
所有漫山遍野白色的小花
会伴你一直到天涯

2009.9.27

我等着你

别告诉我你睡着了
你只是不想打扰我

我不说在等你
我怕你又失眠了

想着你
把你放在心里
就很甜蜜

等着你
等你跨越太平洋发来的信息
那是我深夜的盼望
更是我黎明的欣喜

我　等着你
等拥抱后才睡去

2017.10.1

我对你的爱已习以为常

我对你的爱已习以为常
没有初遇时的欣喜若狂
每天都在一点一点地发现
一层一层地拨开什么
甜蜜到了极限

什么时候让我再遇见你
什么时候让我能认出你
什么时候让我爱上你
早就已经注定了吧

你走得再远
也还是在我心里
我走得再远
也还是在你心里

2018.8.10

你说相见不如怀念

甚至来不及说一句珍重

你就从我世界里消失得无影无踪

你说相见不如怀念

不如从此不见

你说人生际遇不定

不知道会遇见谁

有时遇见只为相伴走一段路

以为是永久

却不想很快就走散

有些遇见只是在伤口上撒盐

渡口横舟不如江湖以远

但总有些相遇

会给我们余生留下温暖　力量和怀念

2020.1.27

邂逅

你清澈的双眸闪烁着孩提时的童真
望我的眼神依旧柔情似水
仿佛初相遇

可恨
那一瞬
被你美得眩晕
傻小孩所有铠甲和伪装
破碎

只是
芦苇装饰了河流
落叶凋零了晚秋
雁影又要关山几重

别怕
珍重
有我目光相送
有我思念丝丝缕缕缠绵不休
伴你旅程

2019.12

玄

太多的求之不得
爱和幸福转瞬即逝
离别与伤痛却清晰可见
痛彻心扉
这是我的人生还是我的宿命

爱是一件玄而又玄的事情
有多少欲爱不能就有多少欲罢不成
有多少难舍难分的甜蜜思念就有多少慧剑斩情丝的痛苦决绝

不爱不行　　爱也不行
玄幻
那就错过　　那就忘怀　　那就放手
在海阔天空里

2019.12.29

愿把此生交给宿命

愿把此生交给宿命

把来世都留给你

愿那个少年不再羞怯

即使在疾风里也会大声喊出

我爱你

愿所有的错过都会重逢

然后紧紧相拥

哪怕整个世界都与我为敌

我们也不放弃

再不要分离

2019.12.19

以爱为名

陨石

哪怕亿万光年的距离多遥远
哪怕亿万年的时间沧海桑田
哪怕我在银河系外
在另一个维度
另一个空间

可是啊
你一回眸就成了我的宿命

我的轨迹始终朝向你
哪怕我穿越了整个宇宙
挣脱了所有引力
哪怕大气层重重阻隔
我再没了力气
哪怕我烈火焚心
终于绚烂成一团焰火
破碎
然后陨落

哪怕只有一颗小石子
带着我爱的炙热和坚贞落在你的近旁

看着你美成一树花朵

会多美好

2019.5.30

只要愿意

只要愿意

放逐自己

天涯海角随时随地

只要愿意

爱一个人

就把她放在心里

不必努力　想想就很甜蜜

是什么让你觉得

天长地久遥不可及

没有鸿沟

不是天与地的距离

只因你爱她胜过她爱你

只因你爱她胜过爱你自己

只因你知道她曾经爱过你而你选择忘记

2020.1.15

致幸运

幸运是一位美丽姑娘

享尽人世间爱慕敬仰

她不在什么天堂

她有血有肉

不是我们臆造的土雕木偶

不是堆砌华丽宝石装饰的别人梦想

她敢爱敢恨

去追寻阳光　雨水和远方

她也一样耕耘播种　收获希望

幸运说

她不会理睬朝朝暮暮的祈祷盼望

更不会关照丧心病狂一夜暴富的什么梦想

她只在乎

厚积薄发射出的微光

她只倾听

汗水汇聚的浩浩荡荡

她怜悯

善良　勤奋　真诚　孝顺的一切美好

其实这世上哪有什么天生的幸运

213

以爱为名

如果有
幸运只在你心里
在你的手掌

幸运与美好
正在不远处等我们去创造去寻找
放下所有迟疑幻想
推开门
幸运就在前方

2020.1.29

辑八 家国天下

南海哨兵

迎着霞光

步伐铿锵

暖湿海风和南海热辣的阳光

鼓舞起海魂衫　吹拂过红脸膛

映照着五星红旗

椰风伴海浪的交响

星辰同月光的盼望

黄河与长江的汇聚

泰山和长城的重量

爱人啊　你的明眸是我的守望

手中岂止三尺钢枪

巨鲸蹈海踏浪巡弋祖国万里海疆

砥柱中流扛起大国战略打击力量

霹雳似火掠过海天一色的苍茫

渔歌唱晚共护祖宗海的安详

母亲啊　您的嘱托就是我们热血的担当

青春无悔　大国脊梁

巨浪滔天不怕被淹没

以爱为名

台风肆虐不会被摧毁

跳梁小丑魑魅魍魉越不过

我们站立成的铁壁铜墙

还有那光年之外的太空

大洋深处的潜航

祖国母亲啊

我们在您的边疆

守护着祖宗海的安详

2020.5.16

辑八　家国天下

纪念碑

穿过人海，

追寻晚霞和波浪，

浮光掠影，

车河汹涌，

在白沙门远离广场舞喧闹的池塘边，

我停下脚步，

倾听森林之外海浪序曲，

波光荡漾已化作星斗　跃上树梢，

青蛙与小虫在欢快伴奏，

凝望的海　潮汐一样去来，

你从不曾远离，

一直在我心海。

我从不曾放弃　我爱，

如纪念碑前凝固的英雄，

穿过海浪　穿过风烟，

哪怕只有木帆船，

只有手中钢枪, 和视死如归的爱与勇敢，

只有向前, 只有爱，

只有冲锋号响, 和震颤天地的呐喊！

以爱为名

我的英雄，

你渡江蹈海，终于归于大海，

你属于昨天，更属于和平年代这祥和傍晚。

2020.8.17

棒棒

腰可以弯

背可以驼

只要家在肩上

思念在心里

棒棒就有铁打的脊梁

汗可以咸

泪可以苦

只要儿女一条信息

母亲一声呼唤

每一天就都是艳阳天

棒棒

你真棒

即使

你和你的扁担会慢慢湮没在时光里

但我们记得

你那从不曾折弯的尊严

你闪着金光的脊梁

2017.5

盲艺人

一把二胡
一双盲目
一曲《二泉映月》
在泉城的街头我驻足良久

镍币碰撞着却未发出声响
纸币如同黄叶孤零零地伴着琴弦舞蹈
我是否也要付出酬劳

我弯腰时　　发现
我惨淡的人生像是在溃逃
盲人却寂然端坐
仿佛水波不兴的湖泊

他怎能看见我看不到的光明
灵魂深处孤独的风景
他怎能洞穿我听不到的
闹市之中天籁的寂静

我摇摇头
放下纸币

辑八　家国天下

开始鼓掌

1996.11.13

以爱为名

晨之祭

为何一定是黄昏呢
我在清晨来到您坟前
父亲　我陪您坐一会儿
陪您看看这早上的风景
有麻雀在亮她的歌喉
有露珠顺着草叶滑落
雾正悄悄散去
太阳慢慢爬上您年少时跨过的山梁

父亲
二十年了
这世界还那个样
有战火也有安详
有快乐也有悲伤
只是您的儿子在慢慢变老
您的孙子在快速长高
他会大声念出墓碑上您的名字
他会记得并热爱您长眠的
这故乡

2014.2.21 午后

写在新中国成立七十周年

民族一飞冲天的渴望

举国人如潮涌的欢呼

二十万人铿锵有力的节奏

比彩虹还绚烂千倍的视觉冲击

七十年华夏民族伟大复兴的征途

就在今天盛大呈现

英雄的子弟兵继往开来一往无前的脚步

歼 20 轰 20 战机轰鸣的序曲

辽宁舰山东舰浩荡的航迹

东风 41 壮哉　大国重器

一同奏响新时代的最强音

只因

你是十四亿人的华夏

十四亿人的中华

十四亿人的中国

中国

上下五千年的中国

中国

强盛如今日的中国

以爱为名

脚踏实地一日千里的中国

不仅仅是中国梦不仅仅是国庆日

今后的每一天

都是奋斗日

都是盛大的国庆日

2019.10.1

我的世界杯

我养的鱼游去了韩国

它们很留恋

我也舍不得

可是　我们总要长大

足球　你　还有我

走吧　到韩国等我

贝利　金大中　还有那么多健壮的小伙

去攻占他们的胃

去征服他们的味蕾

去赢得你的世界杯

你们

健壮的你们

你们

美味的你们

代表我

一个普普通通的中国小伙

去角逐我的世界杯

去占领五万条鱼的餐桌

我知道

以爱为名

我们很小就知道

渤海很辽阔

辽阔之外是浩瀚的太平洋

我们加油吧

去世界所有地方

展现中国的美

2002.1.30

春晖

妈妈说

她不是故意来接我

只是周末散步碰巧走了很远的路

她没等很久也没四处张望

她跟相识的人说

春天来了准备到河里洗衣服

男子汉长大了志在四方

妈妈不会总牵肠挂肚

我推着自行车

陪着妈妈回家去

在我湿润的眼眶里

她两鬓的白发日浓　眼角的皱纹又重

我抬起头看远处新绿的树林

看夕阳西下

春晖里翘首等待的父亲

1991.4

以爱为名

诀别

妈妈

隔着车窗我能看见一路的槐花在风雨里招手相送

您坟前的经幡　飞扬

只是再没人会为我擦去泪水

我隔着忘川

忍受着永别的苦楚与煎熬

而今日又隔山岳　江河和海峡

妈妈　我会记得并永世不忘

等我回来

芳草定会碧绿　墓园依旧萋萋

2016.5.3

妈妈　我想起你

妈妈

我看到一个孩子在夏夜的草丛中

追逐着萤火虫

他笑着　欢呼着　尖叫着

他跑累了

依偎在妈妈的怀里数着星斗

妈妈给他讲很久很久以前的故事

直到永久

妈妈

我在海南岛

在永远夏天的海南岛热泪盈眶

我想起你

想起村里的打谷场　公社的戏台

想起我童年时你年轻的模样

妈妈

我不淘气了不再四处瞎跑

却为了生活来到三千公里之外的远方

你已苍老

我却背井离乡

以爱为名

妈妈

我想起你　一直想着

2015.10.28

妈妈　海南的芒果熟了

妈妈　海南的芒果熟了
很柔软　很甘甜
我吃在嘴里　就想起了你

我走到乐东的菜市场
我想再给你拍一段人来人往车水马龙这人世间的繁华

你没坐过飞机　没来过海南　没离开过山东省
也没能等到我见你最后一面

我宁愿有来生　有另一个世界
我相信我看得见
为你带很多芒果回家
为你讲很多海南的故事
陪伴你一直到很老很老

2016.5.15

矛盾人生

出淤泥而不染

毕竟有淤泥

我不喜欢湖泊

死水微澜　泥沙俱下

将我掩埋

而生活如同海洋

动荡不安

不是不喜欢广阔

浩瀚无边有时也是一种灾难

我躺下

躺在发白的道路上

太阳更像是一根根火柴

我闭上眼睛

不想看见河流被它烤干

毕竟没有永恒

毕竟都将永恒

毕竟过程不只是过程

哪怕走过千百条道路

辑八　家国天下

谁又有两段人生

1997.12

梦回军营

一

四十年后故地重游

营房无声

礼堂静默

仿佛依旧枕戈待旦

绿水青山游人如织

先人自能含笑安眠

今我辈重来

遥想当年

军号吹响　红旗漫卷

二

只是

我们没能找到

当年我站在窗台撒尿的那所房子

听说被划入了自然保护区

我想可能是因为房前屋后那些参天大树

那些我们晒干了当柴火烧的灵芝草

236

还有那些叫不上名字的奇珍异宝

不是因为我们淘气偷来的蚕宝宝

不是因为我们总和村里的孩子干仗

只是

我们没能遇见所有那些叔叔阿姨

陪我们胡闹的勤务员

见我们躲着跑的司号员

用胡子楂扎我们小脸的老班长

总要抱抱我们亲亲我们的被服厂阿姨

其实我们更愿意坐吉普车

有坦克更好

我们最爱站在坦克上握着重机枪

嘴里嗒嗒作响

也没能见到哥哥们养的大狼狗

我们走的那天

它们跟在车后跑了好久

为了它们哥哥好几天都没吃饭

也不和爸爸妈妈说一句话

爸爸妈妈

你们不老去多好

我们还住在军营里

以爱为名

还做你们调皮捣蛋又无忧无虑的孩子

而你们正青春　年富力强

2018.8.23

人工降雨

河流一去不回
时光也是
偶尔打个漩
算是挥手道别

不期然遇雨
我也不惊讶
因为干旱连着干旱
失望接着失望

我们不能坐以待毙
就只能人工降雨
高射炮　热气球　火箭弹
统统打上天
也胜过那些香烛和膜拜
也激励自己不能退后只能向前

人工降雨就是自己拯救自己

1998.1.20

山东黄金　中国力量

穿越第四系

穿越沉积岩

穿越花岗岩

穿越熔岩

我们向地球的怀抱探寻

探寻生命的伟大与庄严

我们伸开手掌

沿着掌纹

大地绽放了

露出她黄金般的笑脸

沿着井巷传递

传递她蓬勃的能量

然后我们伸开臂膀向上

自地心深处升起

升起山东黄金崛起的力量

汇聚　汇聚

汇聚成中国龙腾飞的汪洋

2012.9.28

诗

生活之感悟

思想之升华

语言之凝练

灵魂之歌唱

2000.4.20

诗人

诗人总是不断追究生命的内涵

诗人总是站在时代的前沿　饱尝忧患

一隅是灵魂深处孤独的风景

一边是芸芸众生幸福的期盼

一半是真善美的衷心颂赞

一面是假恶丑的无情斩断

诗人

浅薄或深刻的诗人

渺小或伟大的诗人

都对生命真诚以待

1997.11.27

四十岁了

四十岁了
人到中年
依然在寻找温暖
哪怕
平常如初冬的叶子
平凡似脚下的泥土

心依旧躁动
血依然奔涌
尽管知道
时光与爱人
谁也不会为谁停留

走吧　就迎着朝阳
每个牵牛花开的地方
都是分手道别的渡口
每条车水马龙的街道
都在期待久别的邂逅

2013.12.12

网络感伤

我站在人生的十字路口

擦肩而过的车流闪着刺目的光

狼狈的尖叫　四散奔逃　踉踉跄跄

我站在网络的孤岛

信息流早已淹没四方

上下左右都空空如也

我是在哪里　哪一个维度　哪一个空间

我是否已无路可逃

我是否被剥夺得再也穿不回一件遮羞的衣裳

我不要这样

是谁占据了我的天空

是谁编织了这张罗网

是谁黑洞一样吸引我　吞噬我的思维与时光

是虚拟的幻想

是永不知足的欲望

正是我们自己啊

自己的虚妄

我要反抗

那就背起行囊

脚踏实地丈量人生的路途

看看蓝蓝的天和悠远的山

感受花的舞蹈倾听风的吟唱

触摸你轻柔的呼吸嗅到你发的清香

自然而然写下十四行

我挚爱的生活啊

就简单而美好

2013.8.1

五月

栀子花开满了望楼河谷

每一朵浪花都洋溢着幸福

沁人心脾地流过

芭蕉和槟榔漫山遍野的山坡

流过绿色矿山　海南山金①的原野

在五月

在干季与雨季交接的五月

在青年与中年更替的时节

让我们做一只辛勤劳作的蜜蜂吧

在天涯海角

在中国最南端的金矿

采蜜酿金

铸造辉煌

2018.5

① 指海南山金矿业有限公司。

希望

你一直在我心深处

沿着你的掌纹脉络

我看见蔚蓝的海浪激荡

我看见橙红的旗帜飞扬

我看见奋斗的青春

我看见累累的果实都要靠双手来创造

手和手握成拳

心和心抱成团

山东黄金　劳动模范

让我们一起

掘金梦想　收获希望

世界一流　世界共享

2012.9.28

写在五四青年节

未知等待上下求索

空白期待全力创造

需要克服的才叫困难

站在山巅才能俯瞰这世界

告别风雪

挥手炎夏

把荆棘的群山留在身后

我们自会笑靥如花

记得过往

珍惜当下

路在前方等我们奔跑

加油

2017.12.15

辑九　致敬经典

《红楼梦》

这一生有你就行

这一生有爱就行

这一生有你就是美梦

爱就爱得厮守缠绵　轰轰烈烈　如海如山

可是命运啊

他只有一块通灵宝玉

只有一个林妹妹

却如何还有一个薛宝钗

还有秦可卿还有袭人的幽香说不清

朱门酒肉臭　侯门深似海

却都要走进这个大观园

尽享这繁华风流的人世间

贾母高高在上

王熙凤被权欲遮住了双眼

扒灰的公公　一群浪荡子弟游走在荣国府里　现眼

宝玉啊

为何你不能成为他们

你爱所有女人　你爱权谋之术　你也考科举功名

把滥情当有趣　把腐臭当作香茗

以爱为名

那又会怎样
不过是行尸走肉污了通灵之名

可是啊
你定要爱得澄澈透明
宁可葬花也不埋葬爱情
定要在这红楼香闺里厮守缠绵
却不识城池外千万里的大好河山

宝玉啊
只有爱远远不够
只是两情相悦怎能抵挡这人世间的生离死别
哪怕你通灵　哪怕爱是你姓名
都不能逃脱宿命

你盼望下一场雪
一场自由的雪　覆盖这一切
你盼望真是一场梦
梦到的是别人的一生
赤条条大地真干净

《三国》

一团迷雾遮住了草船

可叹　十万羽箭

稀里糊涂飞到了孙权和刘备的战船

他们没有战果

他们成了敌人的战果

如果没有曹操　是否不会有长年累月的交战

是否不会有三国

是否后人不会长叹

汉唐的风月无边

两晋的泪水涟涟

可怜

风云际会的三国

波澜壮阔的三国

诸葛亮与关云长的三国

老子英雄子孙不肖的三国

庶民苦难英雄不问出处的三国

铜雀湮没

楼船化为尘土

空城早已遁入历史

以爱为名

结义的桃园

二乔　貂蝉们的缠绵

云长们的义薄云天至今还在上演

威震华夏的何止是魏蜀吴的旗帜

和平统一早融入中华的血脉

三国

英雄梦的三国

三国

大一统的三国

辑九　致敬经典

《水浒》

哪里还有八百里水泊荡漾

哪里还有吊睛猛虎巡逻在景阳冈

武二郎　鲁智深　豹子头　青面兽　智多星等等

三十六天罡　七十二地煞

还有我们的及时雨宋公明哥哥

怎么会拥挤在如此小的山寨

替天行道的大旗又该挂在哪里

一百零八位英雄好汉大碗喝酒　大块吃肉　大秤分金银　好
不快哉

也曾劫过江州　大闹东京　打得官兵屁滚尿流

四海任我纵横

怎么会　就招安了

这不是黄粱一梦

招安一直是宋江的梦

从草莽晁盖到不第宋江

从聚义厅到忠义堂

就注定了招安的命运

其实

从孔子诞生之日

就注定了王朝与庶民的秩序

255

以爱为名

之后的两千五百年孔子的家乡从没出过一个皇帝
他们温良恭俭让
他们诗书传家久
他们学成文武艺报与帝王家

宋公明哥哥长舒了一口气
兄弟损兵折将　兄弟寥落四方　兄弟弃他而去
他也无可奈何

赵大官人　所有的官人
只知庙堂之高　不识江湖以远
只问南亩之田赋　不顾民间之疾苦
只求一时之太平　不计万世之永固

来来来
剩下的所有人
再干一杯浊酒　在水浒之旁
快快快

《西游记》

齐天大圣

玉皇大帝多可怜

太白金星腐朽老迈

观世音与如来佛也抛不开世俗杂念

就交给孙猴儿吧

就让他自称齐天

每一部经传都是束缚和苦难

每一个凡人都感到桎梏和厌烦

就让他带着我们的梦去打碎这些锁链

一根金箍棒横扫玉宇

什么凡间天庭和地狱

什么妖魔鬼怪　九九八十一难

齐天大圣

你来自未来终将去向未来

唐僧

要有唐王的加持

玉帝的赞许

如来的认可

才可以吗

以爱为名

我的玄奘法师

你跋山涉水　苦苦求索是为谁

战火　杀戮　饥荒　瘟疫

红颜　柔情　欢爱

都抵不过内心的平安吗

宿命和轮回

就差一句虔诚的咒语

你说众生平等　可以放下屠刀　可以放下一切

那就放下吧

我的芸芸众生

猪八戒

天蓬元帅是个名不副实的称号

其实你也不喜欢

人间烟火　男欢女爱等等

让你戒的其实你都爱

你才是世俗

上可仰慕月宫嫦娥　一亲芳泽

下可入赘高老庄　食人间烟火

什么妖魔鬼怪　只要模样尚可　统统的来

什么珍馐美味　哪怕粗茶淡饭　果腹即可

你是泛爱主义者

你以凡人不能的方式热爱生活

沙和尚

再等几百年让你出场

也不会抱怨　也不会冷落

你平凡得如流沙河的沙子

你从不是工作狂式的理想主义者

你不虔诚　不放纵

你就是芸芸众生中的一个

忠诚　忍耐　坚持

在尘土飞扬的沙丘跋涉

尘归尘　土归土

人生就这样走过

白龙马

宝马雕车香满路　一夜鱼龙舞

这是诗人在赞颂人世的繁华

白龙马

只管归去

寻无边草原　入天地四海

携爱侣同遨游

龙马精神　龙马变幻

夜读凡·高

打谷场　风车　孤独的城堡，
章鱼似的云朵统治天地，
大块大块的黄，
偶尔红花绿树奔跑着，
离我越来越遥远。

凡·高　与我一样的小镇青年，
与我一样身无分文赤手空拳，
鞋子上沾满泥巴　眼睛里孤独迷茫，
你在他乡，我也一样。

我坐在山岗夕阳的余晖里，
也变得金黄，
无言地仰望，
江天暮雨，
远海波浪。

只是　那云影窈窕，
仿佛轻快晨风中的身影，
我站起来　伸开臂膀，

因我而来的背景苍茫，

那就为我而来春风大地和流水鲜亮。

那一瞬间，

孤独离我而去，

凡·高，

我知道你或许也曾这样。

2020.8.11

爱的教科书

一

你是袅袅地从《诗经》里走来

唱着关关雎鸠的诗篇

在浣花溪畔

你倾世的容颜催化了一见倾心的化学反应

曼妙的身姿瞬间固化

凝结成我玻璃般透明的心

二

我们痛饮了《诗经》的流水

却无奈物理的尘封、隔绝和世事蹉跎

欲爱不能　　不爱不行

现在的我们面前是一个无解的黑洞

管他微积分还是函数

爱哪里有教科书　我们灵魂之间哪里有那么多束缚

就策马奔腾　并肩而行

任山川大地河流纵横

我们只管把爱写成诗行　吟啸徐行

2019.11.29

《关雎》于《国风》

该是怎样的因果
我们相识在关雎的河岸
看它欢快甜蜜流过
青青子衿　悠悠少年心

秋水伊人
总是澄澈温暖
浩荡国风
也是吹面不寒

鼓起青春的帆
去问候沧海
或是仗剑
披荆斩棘吟咏着行路难
少年
你只管向前

2019.11.30

几何与方程

别告诉我结果如何
在忘川之前
我们还有大把岁月
思念吧　想念吧
不管白玉还是舍利
相思成灰再把它塑成佛

爱情不是解析几何
不是点线面的交错
它只是两颗心的交汇融合
如果有一个方程式
那就是
我爱你就等于你爱我

不必纠结
把未来交给未来
把蔚蓝留给大海
你我相爱
就趁现在

2019.12.1

时间与空间

明月当空　江湖夜雨

请举杯

将这二十年分离的苦楚

一饮而尽

熟悉的星眸

微微的晚风

畅饮吧

这飞越重洋与关山的激情

生命终会逝去

花朵与容颜沦为尘土

你与我一起用爱点亮生命吧

拥抱彼此空间

温暖我们胸怀

2019.12.1

台风

其实最初

只源于你偶然的回眸

在浮想联翩的海洋里留下的涟漪

只是几滴水滴蒸腾　　几片浪花翻涌

任时光炙烤　　别离酝酿

思念如丝如缕成长聚集

可是爱情啊

他痛恨大海与大陆的阻隔

他无视高山河流与湖泊

他不需秩序教条与规则

在爱情的旋涡里

他旋转　　奋起　　高歌

集聚起天与海的能量奔向你

即便千里万里

即便摧毁一切

也要拥抱你

爱你

2018.12.13

泥石流的情歌

雨无声

大地自会奔腾

爱泛滥

山川便已无形

我不再是峰顶的木棉

你不再是水边的幽兰

我们不再是互相遥望的风景

我们是拥抱着纠缠在一起的滚滚红尘

在泥土里　在继续热烈的腐烂里

期待

期待新生

2019.11.26

云雾之间

我
已是神仙
在云雾之间
忘我

只是
不能停留
脚下就是人间
云雾之上还是蓝蓝的天

挥手再见
所有交错而过的山川与河流
所有白驹过隙的叹息与哀愁
保持微笑　向前冲

2018.12.13

从不悔

从不悔
共你喜悲
刻骨铭心痛彻心扉

从不悔
青春誓言
暮暮朝朝相伴相随

时光无情
泪水溢满海洋
轻舟不渡
最初到未来没有一条现实的路

那些虚无
使我们伤痕累累
那些追逐
迷失了相遇路途

从不悔　遇见你的当初
亦不悔　抛却一切义无反顾

以爱为名

携手　同走少年路

海南乐东 2020.8.7

辑十 · 大爱无疆

心灵之湖

在湖边等，
等夕阳落下，
看着云彩潜在湖底，
丝丝缕缕地荡漾开。
飞机的倒影如同一块黑色的木片在湖面漂荡，
鸟在灌木丛里自由酣叫，
湖底淤泥升腾起迷人的气息，
对岸回家的汽车和鱼群一样在穿梭着，
车轮的咔嗒声　火车的鸣笛还有未明的噪音一起，
幽幽从远方传来。
好像此时此地此刻，
人已经超然世外，
天边终于是一抹紫棠，
远山的影子已模糊。
开车回家，
好像一个贪杯的人终于喝到了好酒，
人生愉快而幸福。

2020.2.16

周末

你说

一缕阳光驱散了阴霾，

你要去太阳底下发发呆。

你要喝一杯图书馆的咖啡，

看着窗外形形色色的陌生人匆匆从阳光下走过，

如同手指在音符间穿梭，

看尘埃在阳光里飞舞纠缠，

然后 终于分开。

那个一脸胡楂的老男人依旧弹着吉他，

对着寂寥的街道唱着情歌，

他满含着柔情，

仿佛心爱的人正在倾听他诉说，

他微笑着感念世界，

他唱着情歌，

与我们分享着他的快乐。

2020.2.17

这一切终会过去

这里多雨，
到处是苍劲枯老的树，
傲岸的枝丫在蓝天下舞蹈，
开出淡淡的花。

今天忽然想不起了，
那些伙伴长大成人以后的样子。
那无处安放的对江南的想念啊，
和毫无道理的草木皆兵的嫉妒在风里飞长。

什么也不能阻挡春风浩荡，
哪怕这个疫情来袭的春天无人走过欣赏，
大地生命依旧循序生长，
莲荷翎羽般的渴望生出翅膀，
我们看得到　黎明的光……

这一切终会过去。
你会站在蓝天白云下呼吸新鲜的空气，
生活还会是平淡可爱的模样，
而你必会安然无恙　毫发无伤。

2020.2.1

不要错过平凡

也许我们对生活满怀着热爱，
也许，我们真诚地在爱一个人，
但是，
你有多久没对他　对她，
说出滚烫的情话，
不要错过平凡，
不要错过我们正在失去的时间……

2020.3.1

我常常喜欢出门向左

向右是车水马龙，

鼎盛浮华。

所以若非生存所需，

我常常喜欢出门向左。

在山上一条又一条路上漫步，

在蓝天白云花丛里迷路。

有时候路伸向高处，

抬头什么都看不见，

只见蔚蓝天空像大海铺陈在不远的尽头，

这时候我的心里就无比快乐。

再向前，

风景总是不辜负一双爱美的眼睛。

那天走了一条路，

拐弯，前方豁然开朗，

山顶的别墅依偎着茂密的山林，

那片树有着白花花的树干矗立在蓝天白云下，

叶子在阳光的风里翻滚，

泛着白花花的光，

看了好久，泪已盈眶。

好像是我小时候的寂寞　惆怅　空茫，

好像已然回到了那贫瘠的岁月。

以爱为名

岁月苍茫，

空落落地像那寂寞的白杨树叶泛着光。

但是这次没有不安，

没有迷茫，

我正走在了小时候"未来的路上"。

一片云朵游走我都会看半天，

一朵花瓣落在脸上我都会笑出来，

还有什么不安好的呢。

然而，世界处处在经历新冠肺炎大灾难，

我又怎么能安好呢，

你我不过是历史长河中一粒曾漂浮的尘埃，

一起经历了大灾难，

幸运地安然无恙幸运地徒自感伤。

2020.2.13

我爱你的冰冷

向东是更高的群山

金色的阳光下

青色的山白色的峰被薄雾缭绕

空气渐渐清冷

越过一座山脉再伏向谷底

在白色山林里蜿蜒穿越

梦的小镇熙熙攘攘

云层越来越厚

冰天雪地篝火很旺

飞驰而过的时光乘着雪橇一掠而过

身后的雪簌簌抖落

烧烤洋溢着浓香

啤酒泛起了温凉

冰峰

你生来为何

不为人跨越

不为人仰慕

只静静矗立成背景

还为了什么

以爱为名

难道因为这尘世烟火

因为人间温暖和家宴的欢乐

我爱这冰峰

也爱你的冰冷

我爱所有与你有关的梦

2020.2.17

总是贪恋月光

总是贪恋月光
不想白昼繁忙
天空从未如此辽远
这几日幸福地晚睡晚起　昨天更是睡早
瘟疫过后定会怀念这些慵懒的时光

还有些我的同胞
他们正没日没夜地与瘟疫过招
他们说不必怕　有我们在前方

我却总是贪恋月光
总是怀念与你在一起的美好
总是想啊　那些自由的海浪　飘忽的雪　安静的课堂
那些平常的饭菜　熟悉的脸庞
这一切忽然都成奢望

在瘟疫肆虐的日子里
总是贪恋月光
却更珍惜这些碌碌无为的日常

2020.2.18

郑州机场读《瓦尔登湖》

或许只是心灵感应，
不是物理意义上的，
瓦尔登湖玄武湖与不知名的水洼没什么不同，
也没有伟大与平凡的差异，
如同没有施耐庵就不会有水浒。
我已经很伟大，
这世界因你而不同。

你无数次经过这里，
我感受得到气息，
空气都是甜蜜的，
饮一杯茶，
望向远方　充满力量。

恍惚有人在喊我的名字，
呼唤我。
轩辕故地，
还会是哪里？
写满大地吗。
我不是天空的游鱼，
你不是水底的飞鸟，

只是我们的影像曾经倒映在一起，
曾经荡漾着涟漪。

忽然觉得离你那么远，
实实在在，
天与地也不过如此，
不要回来，
这里没有不羁而宁静的天地，
这里永远不是你追逐的远方，
你　只管离去。

2020.3.1

驭光者必居于林莽

每个早晨都平凡得冗长，
慵懒的充满力量会多美好。
睡一觉就可以心情舒畅，
反正也不要求光芒万丈，
平凡到老就好。

驭光者必居于林莽，
漂泊客他乡即故乡。
凝望的阳光洞穿晦暗，
驱散新冠肺炎笼罩的惨雾和愁云。

遥远的你，
遥远的牵挂，安好。

2020.3.1

致不得不居家隔离的朋友

时见幽人独往来，

缥缈孤鸿影，

也很美。

马不停蹄忧伤时再回头望，

路边甚至没有一朵可以相送的花。

整日忙忙碌碌升斗小民的理想，

注定要穿越风沙弥漫的喧闹。

大野云头之下的山岗有牧歌轻轻吟唱，

就让时空静止慢慢欣赏，

紫牵牛顽强开放。

2020.3.12

以爱为名

曾

曾穷尽所有表达写下热烈滚烫的赞美

曾任凭爱意自心田欢快涌出谱成不眠不休的恋曲

你曾是我整个的世界

曾经完美无瑕

你走后

山河易帜

花朵苍白

也试过忘却

也曾无比痛恨自己龌龊

在一个冰封的世界里无望地等待春天

是痴爱还是血淋淋的谋杀和伤害

只能躲在角落里写下没有一个字的诗篇

只能站在阴影里哼唱没有一节音符的等待

总有忧伤戒不掉

总有思念溢满心怀

我说我爱

不管是曾经还是现在

我说我爱

辑十　大爱无疆

哪怕我只对自己说出来

2020.3.16

有爱就好

有爱，

一切平凡皆熠熠发光，

哪怕苍老。

谁会遗忘，

这些最该珍藏的美好，

行云流水、

野草野花相伴，

谁还困顿这世事无常。

2020.3.27

治愈系

也是成长，

不枉此生来过。

你走后，

山河依旧，

花还会开，

春风会再吹来。

尊重生命，

也把热爱留给自己多一点。

一切都会过去，

都会如你所愿。

不是放下　没有遗忘，

好多时候是缓缓的抽离　释放，

然后弥漫大地，

悄然远去。

不要回头，

不必找寻，

注视的眼眸穿越时光

以爱为名

会在每一片云影之下停留。

2020.3.28

风之子

不是风之子，

所以羡慕鱼龙变幻的身姿。

哪怕东流去，

岁月已然赐予无瑕的美丽。

那些云和那些雨，

那些爱和那些传奇，

都被风吹散在记忆里。

飞机飞鸟还是游鱼，管他什么，

或许都可以，自由地来去。

2020.4.7

五指山路的绿邮筒

许多年擦肩而过的路旁，

熟视无睹的车来车往，

绿邮筒孤独地盼望融入了街景。

我在想，

该有一个微雨的清晨，

把许多年前写下的信念投递进去，

然后日与夜地盼望疯长，

骑自行车的邮递员　孤独的邮船　能跨过雪山的牦牛

都会知道我的期盼。

他们走啊　每一步都不平凡，

每一步　都花开满山。

人潮人海中我走了神，

一回头的留恋，

美丽的你已时隔多年。

潇洒地挥手，

头也不回融入五指山的滚滚红尘。

难道都是宿命？

我又不是齐天大圣。

难道伟大与平凡没有界限？

只是回信尚在路途，

终有来到的那一天，

我想着，微笑起来。

2020.5.8

海有尽头

浓艳芬芳热烈，
兰舟荡漾逐梦，
越过潮汐的海，
共夕阳缓缓沉眠。

任芳华老去，
幸福如影随形波峰浪谷间盛开
永不凋零的花。
不曾诉说你苦痛，
只是微笑啊，
驭风而行　向雨而生，
只是生长啊，
梦是甜的　海有尽头。

2020.5.10

294

去意徘徊

许多热烈盛开在荒野一隅，
思绪绵长只在心路回响，
微笑的暖阳不要说出口，
遥远的风送来你淡淡发香。

林间小径蜿蜒着摇落花瓣，
去意徘徊的春天才刚吐露芬芳，
瘟疫笼罩着整个大地，
久久不肯离去。

等不到你，
望不见你，
非常时期，
不逐峥嵘，
不惹喧嚣，
平安就好！

2020.3.27

穿过林间的光线

穿过林间的光线

如手指穿过你发间

沁人心脾的香甜

陶醉地闭上双眼

蓬勃蒸腾的水雾

冲动地拥抱着万千爱恋

翻来覆去千万遍诉说的

甚至咀嚼成苦涩的沙子

思念　痛得难舍难分

无数次毅然决然的挥手

都成了欲说还休欲走还留的纠缠

爱　何时成了负累

爱　为何不再相互滋养　甜美

难道

难道是我们无法说出口的那理由

难道要我们追寻一生　注定错过

甚至没有道别不须泪流

厌倦了浮华

都是些可有可无的风沙

忘了吧

自己写下这挽歌

试着　试着在无人的夜里轻轻唱和

2020.4.12

湖

是啊，
除了内心平静的湖，
还有阔的海空的天要去跋涉和追逐，
还会有风沙弥漫路途，
时而高亢时而沮丧，
总有些无能为力的悲伤在这寒来暑往，
而长安依旧遥远。

唯有那夏夜的湖　摇曳的荷塘　款款的流光，
在梦里荡漾。
有你目光在黎明破晓时分是甜甜的糖，
有你凝望穿过滚滚红尘激励我暖暖的阳。

跌倒爬起、爬起跌倒，
擦干眼泪、舔舐伤口，
自己振作说自己很棒，
因为有你
在前方，
在我身后凝望。

2020.3.27

总是沉醉

总是沉醉，
纯粹的蓝和轻柔的棉，
只能写下虚无缥缈的诗篇，
乏力的言语和意象躲闪，
阻不住风吹遮不住日光，
丝缕纠缠徒留你无尽伤痛。
黯然　黯然的雨洒落江川，
山花烂漫　山川不移　山谷回响你的步履。
轻盈欢快或是驻足凝望，
千山不语脉脉相对，
温暖目光　安然山岳的模样。

2020.5.1

我在路上，在太上忘情的故乡

想和你在细雨中漫步看雨打芭蕉花开荼蘼，

想要留住雨留住你，

定格那份美好。

流云雾霭、

河湖海洋、

露珠与冰晶都是你，

我想要自由地来去，

纵身轻盈白云里，

也想那朵浓重雨云等台风吹来的相聚。

布谷在歌唱他的春天，

断断续续淋漓的雨，

你在异乡花朵盛放　梳妆，

我在路上，在太上忘情的故乡。

2020.4.19

谁泄露了我的秘密

这些调皮的云和淘气的雨
怎么会知道我的秘密
我把她无数次地折叠藏在心底
藏在酒醉昏迷也不会忘记的密码里
只跟儿子说
待我弥留要给我做件事
去见一个人跟她说说我后半生的爱和折磨
他说他知道
再过三十年也没关系
最好自己能干自己干去
我去
谁泄露了我的秘密
难道是我故作沉重的梦里
流淌出来的甜蜜

2020.4.7

如果可以选择

如果可以选择

就留在昨晚的梦里，不醒来。

别跟我说梦不真实　这说服不了我。

幸福和快乐是真实的，留到现在　没有褪色。

假如现实真实　却没有幸福　又有何意义？

当然现实中的我是幸福的。

"现实"真实吗？

"真实"真实吗？

谁知道呢。

只知道我感受到的很真实。

我的"感受"真实吗？

他有真实的喜悦　幸福　快乐

足够了。

2020.5.10

归去

打马归去，

落红缤纷如雨，

窗外海天一色。

闭上眼睛，

无数的你唯一的你，

千帆过去，

海依然广阔依然坚定不移。

2020.4.27

终日追逐的浮华都是些可有可无的风沙

终日追逐的浮华，

都是些可有可无的风沙，

有阳光、空气和水就够了，

有植物、你和爱就够了，

可以站在树荫下看无边繁花，

看极富张力的叶子凉爽光滑，

遥远的微风吹来，

干渴的灵魂迎来了久违的涛声。

坐一会或者躺下，

在花雨里在绿叶下，

想彼岸遥远生命悠长。

偷个懒，美美地睡一觉，

新的早晨，

一切都会刚刚好！

2020.4.20

一棵老树的纪念

虬曲伸展覆盖整个天空，

是不是我们安然老去的样子，

曼妙婆娑的春日傍晚该有些什么怀念，

极目远眺的山河越过重洋的阻隔摇曳在风里，

云朵和天空是浪花和大海的颜色。

岁月一样斑驳的铠甲，

曾体会多少春风秋雨和夏天的火热，

任雷击震颤台风扭转　层层剥落，

依然不屈　生长　茁壮。

依然是我

午时的阴凉，

子夜的怀抱，

依然是你

恬然自安　细密绵长，

入梦入梦，入我梦乡。

2020.4.8

依然有爱

——写在新冠肺炎全球肆虐的时刻

我在想，

起初没有爱，

只有暖暖的胸怀，

没有语言，

或许只是眼眸流转，

也没有家园，

唯有山顶的洞穴温暖。

洪水猛兽　饥荒瘟疫，

太多的无能为力　猝然逝去。

远古初民我们的先辈，

在洪荒的旷野　日与月的祭坛，

无力地深深地哀叹与呐喊，

爱, 爱, 爱！

双手向天, 乞求关怀，

力量、温暖、永生都给我，

还有我爱慕的红颜。

厮杀　挣扎　抢夺　纠缠，

无力抗拒又无能为力，

只说

辑十　大爱无疆

今生已矣　且待来世。

千百年后大瘟疫又笼罩人间，
这一次我们拒绝祈求，
在一起并肩战斗。
哪怕幽闭的岁月　这世界还有许多美好，
停留在思想的天空，
灵魂还在,哪怕世事残酷如刀,
依然有爱
没有疆界。

2020.5.13